2편

글과 삽화 오승진

이 책을 쓰는데
많은 영감과 지속 가능한 에너지를
제공해 준 **주시현** 씨에게 감사를 전하며….

고독한
트위터리안의 독백
2편

펴 낸 날 2022년 11월 9일

지 은 이 오승진
펴 낸 이 이기성
편집팀장 이윤숙
기획편집 윤가영, 이지희, 서해주
표지디자인 이윤숙
책임마케팅 강보현, 김성욱
펴 낸 곳 도서출판 생각나눔
출판등록 제 2018-000288호
주   소 서울 마포구 잔다리로7안길 22, 태성빌딩 3층
전   화 02-325-5100
팩   스 02-325-5101
홈페이지 www.생각나눔.kr
이 메 일 bookmain@think-book.com

• 책값은 표지 뒷면에 표기되어있습니다.
  ISBN 979-11-7048-470-7(03800)

고독한
트위터리안의

2편

오승진 지음

유튜브는 꿈 속의 또 다른 꿈이다.

생각나눔

내가 글을 쓰는 이유는
절제된 진솔한 이야기를 하고 싶기 때문이다.

2022년 10월
오승진

글 순서

✎ 작가의 글_ 5

01. 노년의 소망   12

02. 벚 꽃   13

03. 학습효과   14

04. 사무라이 닌자   16

05. 하루살이   18

06. 사랑 지우기   19

07. 혼자 한 사랑   20

08. 좋은 글 1   21

09. 꿈속의 꿈   22

10. 인생은 절망 끝에서 시작된다   24

11. 행 복   26

12. 한류와 이웃사촌   28

13. 침 묵   32

14. 사랑에 지치다   34

15. 고려장   36

16. 기 적   40

17. 셀 카   45

18. 문 신(타투)   48

19. 독립투사   50

20. 죽 음   52

21. 배달 음식과 일회용품   56

22. 빨간 십자가   59

23. 생각하고 글쓰기   60

24. 식물인간   62

25. 커피 한잔의 행복   64

26. 독 백 1   66

27. 독 백 2   67

28. 독 백 3   68

29. 독 백 4   69

30. 독 백 5   70

31. 기 도 1   71

32. 기 도 2   72

33. 기 도 3   73

34. 기 도 4   74

35. 기 도 5   75

36. 사랑하는 이에게   76

37. 나 는   77

38. 푸 념 1   78

39. 푸 념 2   79

40. 푸 념 3   80

41. 신의 축복   *82*

42. 세 월 1   *84*

43. 세 월 2   *86*

44. 시간 죽이기   *88*

45. 우울증   *90*

46. 일회용   *92*

47. 삶의 위안   *95*

48. 파렴치한 바람둥이   *98*

49. 진 실   *100*

50. 태 풍   *102*

51. UFO   *105*

52. 회 상   *106*

53. 생 일   *108*

54. 작은 거인   *110*

55. 꿀 잠   *111*

56. 엘리베이터   *115*

57. 현명한 토론   *116*

58. 정치의 수준   *118*

59. 블루클럽과 셀프 인생   *122*

60. 두루뭉술한 세상   *126*

61. 추억 팔이　　　　　　　　127

62. 좋은 글 2　　　　　　　　130

63. 헛고생　　　　　　　　131

64. 혼자 마시는 술　　　　　133

65. 작은 불행　　　　　　　134

66. 난 할 수 있다　　　　　135

67. 핸드폰　　　　　　　　136

68. 전성기　　　　　　　　139

69. 칭 찬　　　　　　　　140

70. 자아 성찰　　　　　　　142

71. 자존심　　　　　　　　144

72. 맑은 정신　　　　　　　145

73. 혼자 마시는 술 1　　　146

74. 혼자 마시는 술 2　　　147

75. 사 랑　　　　　　　　149

76. 헤디 라머　　　　　　　150

77. 대상포진　　　　　　　152

78. 한국 애니메이션 이것이 현실이다　　153

🖋 끝맺음의 글_ 206

다짐 ———

더 이상 미래의
희망을 말하지 않는다.

희망이 없어서가 아니라
오늘을 사랑하기 때문이다.

다시는 미래를 위해
오늘을 희생하지 않으리라.

✍ 노년의 소망

10대 때에는 아무 생각 없이
그저 학교 가는 게 죽기보다도 싫었다.

20대 때에는 30대를 목표로 했었고
30대 때에는 40대를 목표로 했었다.

그리고 40대가 되어서는
인생의 목표를 50대로 새로이 고쳐 잡았다.

그렇게 50대가 되어서는
인생의 목표보다는 그저 나이 먹는 게 두려웠다.

이제는 어느덧 60대가 되었다.
더 이상 계획이나 목표 따위는 세우지 않을 것이다.

노년만큼은 이제까지의 삶과는 다른
편안하고 자유로운 삶이 되기를 소망한다.

젊은 시절의 실수를
늙어서만큼은 반복하지 않을 것이다.

벚꽃

활짝 피운 지
얼마나 되었다고
벌써 꽃잎을 떨구는가.

떨궈지는 꽃잎이
마치 한겨울의 함박눈을 닮았구나.

활짝 피운 지
얼마나 되었다고
벌써 눈물을 떨구는가.

떨어지는 눈물이
마치 사랑을 닮았구나.

✒ 학습효과

계획을 세우고
일을 성급하게 저지르다 보면
계획한 일이 전혀 다른 방향으로 틀어질 때가 있다.

그럴 때면 여지없이
불안과 두려움이 엄습해 온다.

하지만 이제는 꼬인 삶에
더 이상의 불안이나 두려움은 없다.
그저 호기심이 발동할 뿐이다.
복잡하게 꼬여버린 삶의 문제가
어떻게 풀어질지에 대한 관찰자적 호기심이다.

노력으로 해결될 수 없는 문제에 대해
더 이상의 초조함이나 집착은 없다.
그저 차분하게 기다리며 지켜볼 뿐이다.

최악의 상황에서
하나씩 풀어지는 삶의 문제들이
언제부터인가 걱정이 아닌 재미로 다가온다.

삶이란
심통 맞은 여인네와 같아서 진지하면 튕겨내고,

모른 척 지나치면 꼬리를 흔들며 다가온다.

삶이란
하나가 꼬이면 모두가 꼬이고
하나가 풀리면 모두가 풀린다.

삶이 고달픈 이유는
꼬일 땐 빠르고 풀릴 땐 느리기 때문이다.

✎ 사무라이 닌자

하고 싶은 얘기는 가슴 속에 묻어둔 채
쓸데없는 수다만 떨어대고 있다.

하고 싶은 얘기는 이미 오래전에 다 했다.
했던 얘기를 또다시 반복하고 싶지는 않다.

대체 원하는 게 무엇이더냐….

이미 오래전에 마음의 준비를 끝냈다.
그저 무엇이든 그대가 원하는 대로….

모든 것을 그대에게 다 보여 주었다.
하지만 그대는 모습을 드러내지 않은 채,
미동도 없이 지켜보고만 있다.
언제까지 그렇게 떠보기만 할 것인가….

이제는 더 이상
그대에게 보여 줄 것이 없다.
그만큼 했으면 되었지 않은가.

그대가 닌자라면
나는 공포에 질린 채,
자신의 배를 갈라 할복하는

찌질이 사무라이가 된 기분이다.

빠가야로~

✒ 하루살이

사람은 왜
사랑하는 사람에게 잔인해지는가.
잔인해질수록 사랑은 아프다.

나에게 술 취한 수컷들의 허세를
들어줄 만한 정신적인 여유는 없다.
아마도 술 취한 수컷들의 허세만큼
상대를 힘들게 하는 것은 없을 것이다.

그런 면에서 여인네들의 인내심을 존경한다.
하지만 술 취한 수컷들의 허세를 밤새도록
들어주는 여자는 대부분 그 남자의 마누라가 아니다.

서글프지만 그런 면에선 수컷이나 암컷이나
끼리끼리 필요에 의한 만남일 뿐이다.
내가 사람들과의 관계를 매춘이라 말하는 이유다.

이제껏 단 한 번도 행복을 꿈꾸어 본 적이 없다.
그저 하루하루 열심히 살았을 뿐이다.
앞으로도 그리할 것이다.
하루살이 가라사대

"내일 두고 보자."

사랑 지우기

생각은
생각함으로써
생각을 없앤다.

뜨거운 사랑은
더욱더 뜨겁게 달굼으로써
온갖 정내미를 떨어지게 한다.

지우려 하면 더 짙어진다.
이제는 그저 생각하지 말기로 하자.

무엇이든 피하려 하면
집요하게 달라붙고,
반대로 달라붙으면
스스로 떨어져 나간다.

혼자 한 사랑

잡으면 달아나고
놓으면 다가온다.

혼자 사랑하고
혼자 이별했다.

혼자 한 사랑.
그만큼 했으면 되었지 않은가.

사랑보다
아름다운 이별.

사랑하는 이여
항상 행복하여라.

✍ 좋은 글 1

상쾌한 아침이다.
급하게 대충 청소하고
대충 씻고,
소파에 앉아 커피를 마시며
가벼운 에세이집을 읽고 있다.

책을 읽다가
너무 좋은 글이 있어 소개하고자 한다.
이 글을 쓰신 분도
SNS에서 읽은 글이라고 밝히고 있어
실제로 글을 쓰신 분을 알 수 없다는 것이 많이 아쉽다.

"인생은 언제나 걱정했던 것보다는 잘 풀리고
기대했던 것보다는 덜 풀린다." (작자 미상)

인생은 정말 그러하다.
더군다나 자신의 삶을 돌아볼 줄 아는 나이가 되면
이 글의 공식은 더욱 자주 접하게 될 것이다.

꿈속의 꿈

음주단속에 걸려 운전면허가 취소된 게
언제 적인지 제대로 기억나지 않는다.
대충 15년 전,
임진왜란 때쯤으로 기억한다.

그 이후로 지금까지
운전면허 없이 대중교통을 이용하고 있다.
30여 년간 자차를 끌고 다니다가 처음으로
대중교통을 이용했을 때의 번거로움과 귀찮음이란…. 쩰….

막상 대중교통에 적응하고 보니
대중교통만큼 편한 것은 없다.
지하철을 기다리는 동안 지하철역 여기저기에 적혀 있는
좋은 글들을 읽는 것은 덤으로 주어지는 소소한 행복이다.
더군다나 좋은 글들을 주기적으로 바꾸어주니
얼마나 감사한 일인가.

면허 없이 생활하는 동안 한 번도
운전면허의 필요성을 느껴 본 적이 없었다.
하지만 얼마 전부터 운전면허의 필요성을 절실히 느끼게 되었다.

캠핑카 때문이다.

한때는 산속 오지를 원했지만
요즘엔 온통 캠핑카에 꽂혀있다.

사람들은 산속 오지나 캠핑카 얘기를 하면
다들 여유 있는 삶을 살고 있는 줄 오해한다.
현실은 캠핑카는 고사하고
산속 오지를 들어갈 형편도 되지 못한다.

누군가가 실제로 누리는 행복이
누군가에게는 그저 상상 속에서나 가능한 행복일 뿐이다.

현실에서 즐기는 이들은
상상 속에서나 즐기는 이들의 부러움을 알지 못한다.

나는 오늘도 유튜브를 통해 산속 오지를 꿈꾸며,
유튜브를 통해 캠핑카를 끌고 대한민국 구석구석을 돌아다닌다.

유튜브는 꿈속의 또 다른 꿈이다.

𝓵 인생은 절망 끝에서 시작된다

사르트르

처음 이 글을 읽었을 때의
전율을 잊을 수가 없다.

돌이켜 보건대 이제껏 살아오면서
인생이 절망 끝이란 생각은 단 한 번도 해 본 적이 없다.
한참을 지나고 나서야 문득
그때가 절망의 끝이었구나, 할 뿐이다.

절망의 끝을 자주 마주하는 사람은
자신이 맞닥뜨린 절망의 끝을
절망의 끝이라고 인식하지 않는다.

절망을 인식하는 것은 삶의 고된 어려움을
평생 한두 번 겪는 사람들의 호들갑일 뿐이다.

인생의 시작은 절망 끝에서가 아니라
이미 태어나는 순간부터다.

절망 끝에서의 시작은 인생이 아니라
아마도 후회일 것이다.
절망의 끄트머리까지
자신을 몰고 온 어리석음에 대한 후회.

하지만 세상은
자신의 어리석음과는 무관하게
사람을 절망 끝으로 몰아가기도 한다.

그래서 가끔은 세상살이의 불합리함이
사람의 어리석음 때문인지
아니면 신의 어리석음 때문인지 헷갈린다.

어찌 되었든 부정할 수 없는 것은
인생은 정말 절망 끝에서 시작된다.

✍ 행 복

몇 년 동안
일에 파묻혀 살았다.
심할 때는 세 군데 일을 동시에 했던 때도 있었다.

솔로몬의
"이 또한 지나가리라."란 말을
머릿속에 되뇌며 고단한 밤을 지새웠다.

모든 일을 끝내고
지금은 한군데 일만 여유롭게 하고 있다.
솔직하게 말하면 여유롭긴 하지만
징글맞게 하기 싫은 일이기도 하다.

하지만 이러한 삶에도
생활은 나아지지 않는다.
내가 일하는 모습을 아는 이들은
나의 궁핍함을 이해하지 못한다.
나 역시 이제는 그들에게 설명의 필요성을 느끼지 않는다.

오랜만에 한가해진 틈을 타
설거지에 빨래에 집 안 대청소를 단행했다.
가스레인지를 뜯어 분해해서 철수세미로
그동안 묵은 기름때를 깨끗이 벗겨냈다.

속이 다 후련하다.

개운하게 샤워를 마치고
보온병에 커피를 담았다.
그리고 지금은 집 앞,
양재천 나무 그늘 아래 앉아 이 글을 쓰고 있다.

삶이 조금은 고단하고 궁핍하면 어떠하리.
지금처럼 나무 그늘 밑이 천국인 것을….

행복이 별거더냐.
이런 게 행복이지….

⚖ 한류와 이웃사촌

한때는 일본이나 중국이
우리보다 잘나가던 때가 있었다.
그들이 잘나가던 시절엔 온갖 언론이나 책들에서
한국의 빨리빨리 문화가 나라를 망쳐 놓았다고 열변을 토해댔다.
앞으로도 빨리빨리 문화를 벗어나지 못하면
대한민국의 미래는 없다고들 했었다.

3대, 4대가 우동집을 대물림하는
일본의 장인정신을 배워야 한다는 둥,
느긋한 만만디 정신의 중국을 배워야 한다는 둥,
온갖 호들갑을 떨어댔다.

하지만 최근엔 일본이나 중국이
모든 분야에서 내리막을 걷고 있다.
반면에 대한민국은 한류 붐을 타고
전 세계적으로 모든 분야에서 승승장구하고 있다.
한류 붐의 일등공신은
분명 문화산업인 영화와 음악일 것이다.

요즘의 언론이나 책들에선
온통 한국의 빨리빨리 문화가 대한민국을
선진국으로 발돋움하게 했다고 호들갑을 떨어대고 있다.
지식인들의 180도 바뀐 앞뒤의 변신술은

거의 도인의 경지에 이른 듯하다.
지식인이라는 이들의 뻔뻔함과 교활함엔
이미 오래전부터 면역력을 키워왔던 터라
이제는 별로 미세한 분노조차 느끼지 않는다.

30여 년 전, 일본의 장인정신에 대해
나는 이렇게 말해왔다.

"진정한 장인정신이란
훨씬 더 좋은 직업이 있음에도 불구하고
밝은 미래를 포기하고 우동집을 물려받아 대를 잇는 것이어야 한다.
하지만 일본의 젊은이들은 얼마나 해먹을 게 없었으면
대대손손 우동집을 대물림했겠느냐.
나는 직업의 대물림을 결코 장인정신이라 생각지 않는다."

30여 년이 지난 지금도 이 생각에는 변함이 없다.

중국에 대해선 특별히 하고 싶은 얘기가 없다.
중국에 대해선 '종주캉'의
『다시는 중국인으로 태어나지 않겠다』라는 책으로 대신하고자 한다.

참고로 이 책을 쓴 작가는
중국에서 18년간의 투옥생활을 했으며

풀려난 후에도 블랙리스트 1호의 인물로 찍혀서
중국 공안을 피해 노르웨이로 망명해 살고 있다고 한다.
우리나라에도 번역 출간되어 있으니
한 번쯤은 꼭들 읽어보시기를 권한다.

한국이란 나라는 오래전부터
위로는 중국, 아래로는 일본으로부터
온갖 시달림을 받으며 현재까지 살아남았다.
현재 일본과 중국은
한류 붐을 가장 시샘하고 배 아파하는 나라들이다.
전 세계에서 국가가 나서 혐한을 부추기는
상식 이하의 유일한 나라들이기도 하다.

그들은 한국을 배우려 하기보다는
어떻게 해서든 끌어내리려고만 하고 있다.
그들이 내리막을 걸을 수밖에 없는 이유다.

대한민국의 발전이 거듭될수록
그들의 시샘과 혐한은 더욱 기승을 부릴 것이다.

우리 주변엔 한동안 잘나가다가
내리막을 걷는 나라들이 있다.

러시아, 중국, 일본

이 나라들의 공통점은 모두가 독재국가라는 사실이다.
사람들은 일본이 민주주의 국가라고 잘못 알고들 있지만
일본은 결코 민주주의 국가가 아니다.
이에 대해선 굳이 따로 설명하지 않겠다.
일본이란 나라는 시간을 들여 설명할 가치조차 없다.

이웃사촌이란 말이 있다.
위로는 중국,
아래로는 일본,
암튼 대한민국의 이웃 복은 지지리도 없다.

✐ 침묵

침묵은
자기 내면의 아우성에 귀를 기울이는 행위이다.
자기 내면의 소란함을 지켜보는 것.
그저 지켜보는 것만으로도 고요함은 찾아들 것이다.

우리들의 내면세계는
억지로 강요된 침묵에는 어수선함으로 대응한다.
표적을 흔들어 집중력을 분산시키는 것이다.

억지스럽지 않은 자연스러운 침묵.
불편하지 않은 편안한 침묵일 때에야 비로소
우리들의 영혼은, 자신의 속내를 드러낼 것이다.

침묵하는 자아의식과
침묵하는 영혼의 맞대면이야말로
모든 혼란에 종지부를 찍는 평화이며,
진정한 멍때림의 극치일 것이다.
멍때림이 가끔은 멍청해 보일지라도
멍때림은 가장 심오한 생각 없는 생각이다.

내면에 일으킨 흙탕물이 맑아지는 데는
어떠한 노력이나 행동을 필요로 하지 않는다.
그저 조용히 지켜보는 것만으로 족하다.

흙탕물이 가라앉아 스스로 맑아질 때까지의 시간….

침묵의 기다림.

생각 없는 생각은
침묵의 대화로부터 시작된다.

🖋 사랑에 지치다

속마음을 감추는 것은
어릴 적부터의 오래된 습관이다.
어쩌다가 속마음을 들키기라도 하면
많이 어색하고 당황스럽다.

어색함을 감수하고 스스로 속마음을
보여 주기 시작한 것은 나이가 들어서부터다.
하지만 어색함은 여전하다.
이제는 어색함마저도 익숙해지려 노력 중이다.

냉철한 판단은 젊었을 때나
늙은 지금이나 변함이 없다.
달라진 것이 있다면
늙은이는 더 이상 자신의 생각을 주위에 떠벌리지 않는다.
경험에서 습득한 자연스런 늙은이의 현명함이다.
젊었을 때 놓치고 지나쳤던 어리석음을
쉽게 간파하게 되더라는 것이 나이 듦의 이로움이다.

오랜 세월
속마음을 보이지 않고 살아왔던 어느 날,
늙은이의 무료한 삶에 사랑이 찾아들었다.
오랫동안 지독한 열병을 앓았다.

혼자 한 사랑….

정신을 차리고 보니
남은 것은 피폐해질 대로 피폐해진 삶뿐이다.

사람들은 사랑을 끝내기가 어렵다고들 말하지만
내게는 사랑을 끝내기가 가장 쉬웠다.

사랑에 너무 지치게 되면 자신의 의지가 아닌,
그냥 그렇게 쉽게 끝낼 수 있게 된다.

돌이켜 생각해보면
혼자 한 사랑은 온통 힘든 기억뿐이다.
지치고 지치기를 수백 번….

지친 사랑은 예민했던 감정을 무뎌지게 한다.
이제는 사랑에게조차 아무런 감정을 느낄 수 없다.
혼자 한 사랑이 늙은이에게 준 선물이다.

나는 오늘도 아프다.

고려장

고려장에 대한 설은 다양하다.
징기스칸의 몽골이 고려를 침입했을 때
먹을 게 없어 굶주리던 고려인들이
남은 가족의 생존을 위해 어쩔 수 없이 행해졌다는 설.

일제 강점기 때,
일본이 조선을 비하하기 위해 조작했다는 설 등….

놀라운 것은 고려장과 똑같은 제도가
중국과 일본에도 실제 존재했다는 사실이다.

먹을 게 부족하던 시기에 어린 자식을 위해
늙고 병든 부모를 포기하는 것이다.

지금처럼 먹을 게 넘쳐나는 시기를
살고 있는 현대인들은 이해하기 힘들 것이다.

임진왜란 때도 비슷한 예가 있었다.
왜놈들에게 죽임을 당한 시신들 중에는
온전한 시신이 없었다고 한다.
먹을 게 없어 굶주리던 조선의 백성들이
거리에 방치된 시신들의 살점을 발라간 것이다.

중국에는 더 심한 기록들도 남아있다.
전쟁으로 혼란했던 시기,
성이 몇 달 동안 포위를 당하면 성안의 사람들은
항복하거나 굶어 죽거나 양자택일을 해야만 했다.

성안의 사람들은 끝까지 결사항전을 택했다.
결사항전을 위해서는 굶주림을 해결해야만 했는데
당시 전쟁에 필수였던 말들을 잡아먹었다.
그렇게 말들을 모두 잡아먹은 이후엔
사람의 죽은 시체를 먹어치웠다.
얼마 후, 먹을 시체도 떨어지자
그들은 전투능력이 없는 어린아이들을 잡아먹기 시작했는데,
차마 자기 자식을 잡아먹을 수 없어
이웃과 어린 자식을 바꾸어 잡아먹었다고 한다.

지금 들으면 마치 공포영화의 줄거리 같지만
실제 역사에 기록된 이야기들이다.

고려장 얘기를 하려다가 서론이 너무 길었다.
본론으로 돌아가서
만일 내가 늙고 병들어 생활능력을 상실하게 된다면
나는 스스로 고려장을 치를 것이다.

단지 한 가지 걱정인 것은
스스로 자신의 고려장을 치르기 이전에
심한 치매에 걸려 인지능력이 없어진다거나,
노쇠한 몸뚱이가 거동을 못 하게 될까 두렵다.

간혹 깨달음의 경지에 오른 스님들 중에는
가부좌를 틀고 앉은 채 돌아가신다고 한다.
가장 아름답고 훌륭한 죽음의 모습이 아닐까 싶다.
내가 바라는 마지막 죽음의 모습이지만
수행이 부족해 그러한 멋진 죽음을 맞이할 수 없다면,
차라리 깊은 산 속을 찾아 들어가
스스로 고려장을 치를 것이다.

이러한 선택은 몸뚱이가 건강하고
인지능력이 있을 때 해야만 할 것이다.
두려움에 망설이다가 거동이 불가능해지거나
인지능력이 떨어지면 이미 늦은 것이다.

현대사회의 인간들은 에피타이저나 디저트로
자신의 영혼을 갉아먹으며 생존을 유지한다.
그들이 갈망하는 것은 품위가 아니라 생존이다.

비천한 생존보다는
삶과 죽음의 품격을 위하여
나는 스스로의 고려장을 선택 할 것이다.

기 적

아주 오래 전,
영하 14도를 오르내리던 1월의 어느 추운 겨울 밤.
회사 직원들과의 회식으로 1차, 2차, 3차가 끝나고
체격이 건장한 ○○ 씨와 단둘이 남았다.
둘은 의기투합하여 4차로
당시에 핫하다는 강남의 한 나이트클럽을 찾았다.

나이트클럽 안은 추운 바깥과는
전혀 다른 세상이 펼쳐지고 있었다.
번쩍이는 조명 아래
섹시한 여인네들의 야시시한 옷차림에 야시시한 춤….
만약 천국이 존재한다면 바로 이런 곳일 것이다.

우리는 이미 술에 쩔어 있었지만
헤롱헤롱 들뜬 기분으로 양주 세트를 주문했다.
그렇게 양주를 스트레이트로 몇 잔인가를 주고받다가
순간 필름이 끊겼다.
그 이후로는 아무것도 기억나지 않는다.

내가 다시 정신을 차린 것은 너무 추워서였다.
새벽 5시쯤 강남 지하철역 입구의 뒤편에 쓰러져 있다가
추위에 오한을 느끼며 잠을 깬 것이다.
당시에 동안이었던 나는 조금이라도 나이가 더 들어 보이려고

늘 양복에 넥타이를 매고 다녔다.
깨어보니 배 위에 얼음이 잔뜩 쌓여있길래
아무 생각 없이 툭툭 털어냈다.
쓰러진 채로 양복 입은 자신의 몸뚱이 위에 토해 놓은 토사물이
추운 날씨에 그대로 얼어붙은 것이다.

당시에는 같이 술을 마시던 동료가 많이 취하면
택시를 태워 먼저 집으로 보내주는 게 하나의 룰 같은 것이었다.
같이 술을 마시던 사람들끼리는 자신보다 더 취한 사람을
그냥 방치하거나 버리고 가지 않는다는 서로 간의 암묵적인 것이었다.

그렇게 추운 날,
술에 취해 필름이 끊긴 동료를 버리고 가다니….
자제력 없이 술을 마셔댄 자신을 탓하기보다는
필름이 끊긴 자신을 버리고 간 상대를 원망하고 있었다.
소심했던 나는 그 뒤로 다시는 그와 함께 술을 마시지 않았다.
돌이켜보면 그때의 그 사람도 많이 취해서
누구를 챙겨줄 만한 상태는 아니었을 것이다.

그 날 영하 14도의 추운 날씨에
얇은 정장 차림으로 술에 쩔어 길바닥에서 잠들었다가
얼어 죽지 않고 다시 깨어난 것은 정말 기적일 것이다.

한때는 좋은 일이 있으면 좋아서 술을 마셨고
나쁜 일이 있으면 기분이 나빠서 술을 마셔댔다.

아주 오래 전,
추석을 이틀 앞 둔 어느 날 새벽.
그날도 밤새도록 술을 마시고 분당의 집을 들어가기 위해
새벽녘에 운전대를 잡았다.
지금 생각하면 미친 짓이지만 그때는 그냥 그러고 살았다.

빙글빙글 돌아가는 정신줄을 챙겨가며
새벽의 한산한 도로를 신나게 달려대고 있었다.
그렇게 분당 근처에 거의 다다랐을 즈음,
지하도로로 내려가다가 중앙선 콘크리트 방지턱과 강하게 충돌했다.
차는 몇 바퀴를 거칠게 돌아 내동댕이쳐졌고
그 뒤로는 아무것도 생각나지 않는다.

정신을 차리고 보니 경찰서에 앉아있었다.
전혀 기억이 없는데
이미 음주 측정과 간단한 조사가 모두 끝나 있었다.
피해 상대가 없는 자차 사고라
오늘은 집에 들어가 주무시고 내일 다시 경찰서로 들어오라고 했다.
그리고 망가진 차를 견인해 놓은 공업사의 연락처도
친절하게 알려주셨다.

다음 날 아침,
경찰서로 들어가기 전에
차가 맡겨져 있는 공업사를 먼저 찾았다.
공업사에 견인되어 있는 내 차를 보는 순간
나는 또 한번의 기적을 보았다.

나는 한 군데도 다친 곳이 없었기 때문에
차도 약간 찌그러졌거나 약간의 흠집 정도만 있을 거라 생각했다.
하지만 생각과는 달리 차는 완전히 짓이겨져
형체를 알아보기 힘들 정도였다.
공업사 사장님도 차의 상태에 비해
너무 멀쩡한 내 모습을 보고는 도저히 못 믿겠다며 어리둥절해 하셨다.

차는 그렇게 폐차되고 말았다.

차는 심하게 망가져 폐차 처리 되었지만
나는 다친 곳 하나 없이 멀쩡했다.
이것이 기적이 아니면 무엇이더냐.

세상엔 참 많은 기적이 있겠지만
내가 겪은 기적은 사람들에게 회자되는
놀랍고 아름다운 기적들과는 거리가 멀다.

그때는 사는 게 뭐가 그리도 힘들었는지….
그때는 왜 그렇게 될대로 되라는 식으로 막살았는지 모르겠다.

철없던 시절에
자신의 어리석은 잘못으로 불러들인 기적.
조금은 우스꽝스럽고,
조금은 어설픈 기적일지라도
내게 베풀어진 소소한 기적들에 대해
늘 신에게 감사하고 있다.

남은 삶에
자신의 어리석은 잘못으로 인한 기적을
다시는 불러들이지 않을 것이다.

셀카

옛날엔
여행을 떠날 때면 카메라가 필수였다.
경치 좋은 여행지를 사진으로 남기기 위해서이다.
좀 더 솔직하게 표현하자면
여행을 자랑하기 위해서일 것이다.

요즘엔 핸드폰이 카메라 자리를 대신하고 있다.
어차피 들고 다닐 핸드폰이니 짐을 하나 줄여준 셈이다.

나도 한때는 등산을 가거나,
자전거를 타거나,
어느 여행지를 가든 핸드폰으로 셀카를 찍어 댔었다.

이유는 오로지 하나다.
누군가에게 보여주기 위해서였다.
보여주기 위한 이러한 행동은 꽤 오래도록 지속되었다.

그러던 어느 날,
그녀로부터 짜증 섞인 한 통의 문자를 받았다.

나의 오랜 셀카짓은 그렇게 끝을 맺었다.

그 이후로 어디를 가든,

무엇을 하든 셀카를 찍지 않는다.
자랑하고픈 대상이 사라졌기 때문이다.

하지만 셀카를 멈춘 이후에
놀라운 경험을 하게 됐는데,
카메라나 핸드폰에 담던 여행지들이
마음에 담기더라는 것이다.

셀카를 찍기 위해 놓쳤던 많은 부분들이
새롭게 보이기 시작한 것이다.
다시 말하면
진정한 여행을 즐길 수 있게 된 것이다.

요즘 사람들은 SNS를 통해
여행을 가도 자랑,
영화를 봐도 자랑,
책을 읽어도 자랑,
심지어는 아파서 병원엘 가도 자랑질이다.

SNS, 유튜브, TV, 셀카, 자랑질 등등을 멈추고
자연, 여행, 독서, 취미생활 등등에만 온전히 몰입해 즐겨보라.
남에게 보여주기 위함이 아닌 혼자만의 진정한 즐김….

그전에 알지 못했던
새로운 세상을 만나게 될 것이다.

✒ 문 신(타투)

한때는 몸에 새기는 문신이
나쁜 것이라 생각했다.
사회에서 가르친 교육의 영향 때문일 것이다.

나이가 들면서 몇 가지 바뀌는 취향들이 있는데
문신도 그중 하나다.

3년 전쯤,
혼자 부산 여행을 갔을 때
해운대 앞 노점에서 간단한 헤나를
팔뚝에 새겨 본 적이 있다.
팔뚝에 새겨진 헤나는 일주일 정도
생명을 유지하다가 흔적도 없이 사라졌다.

요즘은 SNS상에서도
문신하신 분들을 쉽게 접할 수 있는데,
어떤 분은 몸 전체를 문신으로 뒤덮기도 했다.

문신에 대한 호기심이 커지는 반면
한편으론 문신에 대한 불신도 크다.
내가 원하는 것은
예술적 가치를 담고 있는 고급진 문신이지
지저분한 싸구려 낙서가 아니다.

꼭 예술적일 필요까지는 없다 하더라도
최소한 지저분하지 않고 깔끔한 디자인이길 바란다.

낙서라면 할 곳은 많다.
평생 지울 수 없는 낙서를
몸뚱이에 할 필요는 없지 않은가….

사람이든
물건이든
예술이든
싸구려 티가 나는 것을 극도로 싫어한다.
하물며 몸뚱이에 새기는 문신이야 오죽하랴….

허전하고 심심한 팔뚝에다가
쌈박한 디자인의 문신을
하나쯤은 강렬하게 새겨 넣고 싶다.

✐ 독립투사

일에 쫓겨 스트레스에 시달리다 보면
어김없이 편두통이 찾아든다.
최근 며칠간 가벼운 편두통에 시달리고 있다.
다행히 예전처럼 심하지 않아서 약 없이도
견딜 만하지만 그래도 은근히 신경에 거슬린다.

어릴 때부터 평생을 일에 쫓기며 살아왔다.
일단 해야 할 일이 주어지면 그 순간부터
조급함과 불안이 동시에 내면을 어지럽힌다.
빨리 끝내야 한다는 조급함이
초조함과 불안을 불러들이는 것이다.

조급함은 주어진 일을 끝내는데
어떠한 도움도 되지 못한다.
오히려 일의 시작과 몰입을 방해하고
일에 대한 스트레스만을 가중시킬 뿐이다.

조급함과 불안함으로
어지럽혀진 어수선한 내면은
어떠한 일에도 능률적이지 못하다.
오히려 차분하고 느긋해질수록
일에 대한 몰입도와 작업속도는 빨라질 것이다.

하지만 어려서부터 다져진 습관을 고치기란
결코 쉬운 일이 아니다.
더군다나 무의식적인 반응을 고치기란 더더욱 힘든 일이다.

분명한 것은
늘 불안과 조급함으로 인한 편두통을 달고 사는 것은
일에 쫓겨서가 아니라 자기 자신에게 쫓기는 것이다.

아마도 일제 강점기 때,
독립운동을 하면서 일본 순사들에게 쫓기던
트라우마 때문일 것이다.

나는 오늘도
자신으로부터의 독립을 꿈꾼다.

✒ 죽음

"우리 엄마는 왜 그렇게 안 죽나 몰라."

치매에 걸린 홀어머니를 10여 년간
뒷바라지했던 어느 여인의 절규다.

일찍 부모를 떠나보낸 이들은
부모를 그리워하고 슬퍼하겠지만
어떤 이들은 살아계신 부모로 인해
피폐한 삶을 살아가고 있는 것이다.

부모님이 건강하시거나
일찍 돌아가신 분들은
부모로 인해 피폐해지는 삶을
결코 이해하지 못할 것이다.

오래 산다는 뜻의 장수는
건강을 전제로 하는 것이다.
치매나 병을 안고 장수하는 것은
본인뿐만 아니라 가족들에게도 불행이다.

남의 일만 같았던 그러한 일들이 나에게도 찾아왔다.
건강하시던 어머니는 10여 년 전,
허리디스크 수술을 받으신 후 하체를 움직이지 못하게 되셨다.

물론 수술했던 대형병원에서는
수술은 아주 잘 되셨는데 운동을 안 하셔서
다리를 못 쓰시는 거라고 친절하게 알려주셨다.
여기서 병원이나 의사에 대한 쌍욕은 참기로 한다.

그 이후로 거동을 못 하시던 어머니에게
가벼운 치매가 시작되었다.

엎친 데 덮친 격으로 어머니를 돌보시던
아버지마저 건강이 급속도로 나빠지셨다.
혼수상태로 여러 번 병원 응급실을 찾아야만 했다.

하지만 건강을 회복하신 이후에도
대소변을 스스로 해결하지 못하셔서
지금은 3년째 요양병원에 계시고,
어머니는 집에서 요양사분과 함께 생활하고 계신다.

치매를 앓고 계시는
85세의 어머니와 가끔 대화를 나누다 보면
어머니는 아직도 죽음에 대한 두려움이 상당하신 듯하다.

하체를 못 쓰시게 된 이후로
10여 년이 넘도록 집 안에만 갇혀 살다시피 하셨는데,

아직도 죽음에 대한 공포와
삶에 대한 애착이 강하시다는 게 놀랍다.

사람은 과연 얼마나 더 삶의 고통을 겪어야만
죽음에 순응하게 되는 것일까….

나도 한때는 죽음을 두려워했지만
언제부터인가 죽음을 떠올리면
두려움보다는 포근함을 느낀다.

한때는 죽음 뒤의 또 다른 세상을 믿었고
한때는 죽음으로 모든 것이 끝날 것이라고 믿었던 때도 있었다.
하지만 요즘 들어 죽음이 새로운 시작일 수도 있을 것이라는
막연한 느낌적인 느낌을 느끼고 있다.

이 느낌은 결코 종교적이거나
사후세계를 믿기 때문이 아니다.
이 느낌적인 느낌은
단지 내가 느끼는 느낌이기에
아직은 뭐라 단정 지어 말할 수는 없다.

죽음이라는 미지의 세계를 직접 경험하고
죽었다가 살아 돌아오기 전에는

누구도 죽음에 대해 명쾌한 대답을 해 줄 수는 없다.

하지만 죽음은 치열했던 삶보다는 훨씬 편안하고 아늑할 것이다.
그것이 삶에 지친 자들이 죽음에서 위안을 찾는 이유다.

"죽음은 삶이 만든 최고의 걸작품이다." (스티브 잡스)

✎ 배달 음식과 일회용품

외국인들은
한국의 배달문화를 극찬하지만
나는 배달음식을 별로 좋아하지 않는다.

배달되는 동안
음식 맛이 약간 변질되기 때문이기도 하지만
배달음식을 싫어하는 가장 큰 이유는 일회용품들 때문이다.

우리 집엔 잘생긴 아들이 하나 있는데
어찌나 배달음식을 좋아하는지….

사는 집이 일반주택이라
일주일에 한두 번씩 쓰레기를 분리해서
청소차가 오는 시간에 맞춰 내어놓는데,
그 분량이 어마어마하다.
쓰레기를 내어놓을 때마다
한 가정에서 내어놓는 쓰레기의 양이
이렇게나 많다는 것에 늘 놀라곤 한다.
그리고 그 쓰레기의 대부분은 배달음식의 일회용품들이다.

한번 쓰고 버리기에 아까운 용기들은
다음에 또 사용해보려고 깨끗이 씻어 보관해 놓기도 하지만
결국엔 자리만 차지하다가 몇 개월 후에 버려진다.

뉴스에선 환경보호를 위해 일회용품인
플라스틱 사용을 억제해야 한다고 하지만
여전히 플라스틱 빨대와 용기들은
전혀 줄어들 기미를 보이지 않는다.

며칠 전에도 뉴스를 보다 보니
일회용품 사용을 강력하게 줄이지 못하는 이유는
자영업자들의 반발이 크기 때문이란다.
그러하므로 일회용품에 대해서 만큼은
강력한 독재가 필요하지 않을까 싶다.

필리핀의 유명한 관광지인 보라카이의 경우를 보자.
경치가 좋은 보라카이 섬에
워낙 많은 관광객들이 몰려들어 자연훼손이 심각해지자,
필리핀의 독재자 두테르테는
보라카이 섬을 아예 통째로 일정 기간 폐쇄해 버렸다.
얼마나 통쾌하고 확실한 선택인가.

이런 걸 보면
독재가 꼭 나쁜 것만은 아닌 듯싶다.

일회용 종이컵보다는 머그컵을 사용하고,
어쩔 수 없이 사용했던 일회용품들은

깨끗이 씻어 서너 번 더 사용한다.

남들이야 어찌 됐든 나 하나만이라도
일회용품을 줄이려 노력하고 있다.

남들이 알아주거나 말거나….

빨간 십자가

모든 것이 멈춰 버렸으면 좋겠다.
그냥 이대로 멈춰 버릴 수만 있다면….

생각도 멈추고,
하던 일도 멈추고,
고단한 삶도 멈추고….

오늘 밤은 참으로 이상스럽다.
그 많던 네온사인 빨간 십자가 불빛이
창문 너머로 오직 하나만이 보인다.

다른 밤엔 너무 많이 보여서
나를 한숨짓게 했는데….

오늘 밤엔 오직 하나만이 보인다.
다른 날보다 유독 빨갛게….

빨간 십자가….
쉼이 있는 곳….

✒ 생각하고 글쓰기

어수선하게 뒤엉킨 생각을 정리하고
글로 표현하는 것은 내게 있어서
일종의 영혼 정화작업 같은 것이다.

생각을 글로 표현함에 있어
가장 조심스러운 것은
그럴싸하게 포장되는 가식적인 글이다.

글이란 외적으로 표현되는 것인지라
자의적이든, 타의적이든,
무의식적으로 남을 의식하게 된다.
생각하고 글을 쓸 때 가장 경계하는 부분이다.

살아온 삶이 그러하듯
가장 소중한 가치는 언제나 진솔함에 있다.

떠오른 생각을 글로 표현하고
쓰여진 글을 여러 번 고치고, 고치고,
또 고치고를 반복하는 것은
글에서 느껴지는 어수선함을 깔끔하게 정리하기 위함이지
결코 아름답게 꾸미기 위해서가 아니다.

오랫동안 길들여진 쓰잘데기 없는 습관들 중에

그나마 칭찬해주고 싶은 것이 바로 깔끔함이다.
무엇이든 깔끔하게 정리정돈 하는 것을 좋아한다.
그러한 성격은 어느덧
생각을 정리하고 글을 정리하는 습관에까지 이르렀다.

생각을 정리하는 작업은
의외로 엄청난 에너지를 소비한다.
하루에 서너 시간 생각을 정리하고
글을 쓰고 나면 말 그대로 진이 빠진다.

사람의 뇌가 몸뚱이에서 차지하는 비중은
단지 2%에 불과하지만, 뇌가 소비하는 에너지는
20% 이상을 차지한다고 한다.
정신적인 노동이 기가 빨린다는 과학적인 근거다.

비록 생각하고 글을 쓰는 행위가
온몸에 기를 빨려 힘들고 피곤할지라도
나름대로의 묘한 즐거움을 갖는다.

하루하루 바쁜 일상 중에도
내가 생각하고 글쓰기를 멈추지 않는 이유다.

✐ 식물인간

애완동물이나 애완동물을 기르는 사람들을
별로 좋아하지 않는다.
사람을 대하는 그들의 이중성을
너무나 자주 봐 왔기 때문이다.

애완동물을 싫어하는 이유는 간단하다.
인간에게 빌붙어 먹고 살기 때문이다.
가끔은 인간인 주인보다
애완견인 개새끼가 더 꼴 보기 싫을 때도 있다.

일본놈들보다 일본에 빌붙어 먹고사는
친일파들이 더 싫은 이유와 같다.

동물보다는 식물을 좋아한다.
좋아한다는 표현보다는
사랑한다는 표현이 좀 더 적당할 듯싶다.

식물은 애완동물들처럼
사람의 눈치를 보거나 온갖 아양을 떨어대지 않는다.
또한 식물은 시끄럽게 소리 내지 않는다.

그저 묵묵히 계절의 변화에 따라
싹을 틔우고, 꽃을 피우며, 열매를 맺고,

다음 계절을 위해 씨앗을 준비한다.
식물은 자신이 나서야 할 계절과
물러서야 할 계절을 스스로 알고 행동한다.

성형미인과 자연미인의 차이처럼
사람에 의해 키워진 것보다는
야생에서 자생하는 들풀이나 들꽃들을 더욱 사랑한다.
들꽃은 사람에 의해 다듬어진 꽃들처럼
화려하진 않지만 보면 볼수록 더욱 사랑스럽다.

식물에 대한 해박한 지식은 없다.
하지만 나이가 들어갈수록 식물에 대한
애정과 호기심은 날로 깊어만 간다.

만약 나에게도
여유로운 노년이 허락된다면
인적없는 깊은 산 속으로 들어가
온갖 식물로 이루어진 나만의 정원을 꾸려보고 싶다.

✒ 커피 한잔의 행복

한 달간의 철야 작업 끝에
오늘 아침 6시경, 드디어 일이 끝났다.

끝낸 일을 갖다 주러 회사로 가기에는 시간이 너무 이르고,
그렇다고 잠을 자기에는 시간이 너무 어정쩡하다.

일에 대한 극심한 스트레스로 인해
심한 편두통에 귓구멍 속까지 퉁퉁 부어올라
해골 속에 숨겨 놓은 뇌가 엄청난 압박을 받고 있다.

영악한 스트레스는
홀로 숨죽이며 버텨왔던
뇌를 집중적으로 공략하고 있다.

이틀 전부터 약을 먹어가며 철야 작업을 했던 터라
몸뚱이와 정신상태가 완전히 시궁창이 된 느낌이다.

그래도 급한 일을 힘들게 끝냈으니
잠시라도 이 홀가분한 기분을 마음껏 즐겨보련다.

어젯밤엔 밤새도록 비가 쏟아졌다.
빗소리에 취해 어찌나 나가고 싶었던지….
사랑하는 비는 늘 바쁠 때만 쏟아진다.

나의 사랑과 마주치기가 그렇게도 싫었더냐….

커피를 준비하고 조그만 캠핑용 의자를 챙겨 들고,
어젯밤에 쏟아진 비로 제법 수위가 높아진 양재천을 찾았다.

보슬보슬 내리는 비에 서늘한 바람….
캠핑용 의자에 앉아 준비해 온 따뜻한 커피 한 잔….

커피 한 잔의 행복!
그러면 되었지 않은가….

바람에 실려 양재천에서 풍겨오는
꾸리꾸리한 시궁창 냄새가 오늘따라 유달리 향기롭다.

✎ 독백 1

어려운 사람은 어려움 때문에….
행복한 사람은 행복함 때문에….

생각하고 말하는 바는 다르지만
목적은 오로지 한 가지뿐이다.
자신의 이익….

신의 뜻이 무엇인지 알 수만 있다면….

교회쟁이들이 말하는
그렇고 그렇게 하나님을 믿고 싶지는 않다.

⟋독백 2

할 짓은 모두 다 한다.
그러다가 아쉬워지면 기도한다.

그리곤 다른 이들에게 말하기를
하나님을 믿으라 한다.

실제로 신이 존재한다면
과연 어떤 기분이 들까?

독백 3

사람을 싫어한다.
사람에게서 피곤함을 느끼기 때문이다.

하지만 사람에게서 정을 느낄 때만큼
행복해 본 적이 없다.

사람을 인한 따뜻함은
사람을 인한 피곤함과는 결코 비교할 수 없다.

가끔은 신이란 존재가 궁금하다.

왜 사람을 통해 정을 베풀어서
그들을 미워할 수 없게 하는지….

왜 사람을 통해 정을 베풀어서
조그마한 사랑의 찌꺼기를 소중히 간직하게 하는지….

앞으로도 영원히 신이란 존재를 알 수는 없을 것이다.
하지만 나는 늘 신에게 기도한다.

독백 4

어릴 때는
아무 생각 없이 살았다.

젊어서는
온갖 잡스러운 생각의
쓰나미에 휩쓸려 살았다.

그리고 이제 다 늙어서는
아무 생각 없이 살았던 어린 시절로
되돌아가려 열심히 도를 닦는 중이다.

✎ 독백 5

슬프다.

나의 상처로 인해서가 아니라
그들의 상처 때문이다.

그들로 인한 나의 아픔보다는
나로 인한 그들의 아픔을 느낄 때
더욱더 깊은 슬픔에 빠져든다.

기 도 1

기도는 외계인을 찾기 위해
우주로 보내는 지구인의 일방적인 신호.

기도는 신을 향한
인간의 일방적인 스토킹.

기도는 신에게 보내는
인간의 일방적인 텔레파시.

기도는 대답 없는 메아리.

기 도 2

날아가리라.
머얼리….

아무도 따라오지 못할
머언 믿음의 나라로….

기 도 3

나의 믿음이
바람에 흔들리는 갈대와 같으니,
당신 향한 내 마음
외기러기 되어감에
어쩔 줄 몰라 한다오.

외로운 몸부림에
손에 닿는 사랑만을 그리워하니
어찌하오리이까.

괴로움 속에 당신께만
달려가고 싶으매
더욱더 몸부림친다오.

기 도 4

당신의 하나를 얻기 위해
또 하나의 나를 버리게 하시고,

당신의 변함없는 사랑을 위해
나의 사랑이 변함없게 하소서.

기도 5

내가 그댈 사랑했으나
그것을 사랑이라 말할 수 없네.
그대는 내게 베풀었으나
나는 더 많은 것을 원했음이라.

내가 그댈 사랑한다 말했으나
그대에게 만족을 얻기 위함이요,
내가 그댈 간절히 찾았으나
그대에게 행복을 얻기 위함이라.

내가 그댈 향한 믿음을 간직하였으나
그것은 내 자아를 믿었음이요,
내가 그댈 위해 나를 희생한다 생각했으나
그것은 나를 위한 행위였음을 그대는 알았으리라.

이제 나는 그대를 사랑한다 말하노니
그대의 말 없는 기다림을 알았음이라.

이제 내가 그대를 사랑한다 말할 수 있는 것은
내가 그대에게 원하는 것이 아무것도 없음이라.

✐ 사랑하는 이에게

사랑하는 이여!
그대가 나의 사랑 거절함으로
그대의 자존심이 지켜질 수 있다면
내 사랑,
수치를 느끼지 않으리.

그대가 나의 사랑 거절함으로
그대의 고귀함을 좀 더 충족할 수 있다면
내 사랑,
슬퍼하지 않으리.

사랑하는 이여!
그것은 그대를 위한 내 사랑의
애절한 선물임을 그대는 알아야 하리.

사랑은 유치할 순 있어도
구차해서는 안 되겠기에….

그러나 사랑하는 이여!
내 사랑은 그대를 잊지 못해
오늘도 어둠 속에 두 손을 모으고 있다오.
사랑하는 이의 행복을 위해….

나는

어딜 가나
어여쁜 여인네들 주변엔
많은 남성들의 관심이 뒤따른다.

그리고 그러한 남성들의 관심에
수줍듯 미소 짓는 여인네의 묘한 쾌감을 나는 싫어한다.

사람들 앞에서
멋진 말들로 충고해 주기를 좋아하며,
그 충고 가운데 자신의 만족을 느끼는 사람을 나는 싫어한다.

얄팍한 이익 때문에
자신의 자존심을 내팽개치는 사람을 나는 싫어한다.

나는 비굴하게 한 끼의 배를 채우기보다는,
떳떳하게 굶주릴 수 있는 사람이 되고 싶다.

✒ 푸 념 1

땡볕이 내리쬐는 오후,
커다란 유리컵에 차가운 보리차를
가득히 담고서 마루 끝에 걸터앉았다.

마당 저편 구석엔
땡볕 더위에 지친 우리 집 강아지가
혓바닥을 할딱거리며 그늘 속에 몸을 숨긴다.

개 줄에 묶이어 할딱거리는 가장 천한 모습.
바로 저것이 감추어진 모든 인간의 참모습이리라.

그러나 인간이기에
하늘 높이 치솟는 한 마리의 독수리처럼
내 영혼,
깊숙한 울부짖음을 꾸며야 한다.

멋지게 그리고 아름답게….

푸념 2

누군가를 사랑한다는 것은
사랑받는 이보다 행복하다고 했다.

그러나 누군가를 사랑한다는 것처럼
고통스러운 것이 있을까?

부득이 남다른 인간이 되려 하지 말자.
나란 놈은 그들보다 잘난 인간이 아니다.

얼간이들 속에선 얼간이가 되어야 한다.
그것이 삶을 살아가는 지혜다.

오늘도 변함없이
의미 없는 하루가 저물어 가고 있다.

⅃ 푸념 3

교회의 지하실에
사람들이 옹기종기 모여앉아
과자를 나누며 노닥거리고 있다.

그들 맞은편에는 소박한 나무 십자가가
이미 오래전에 그들을 외면한 듯하다.

옹기종기 모여 앉은 그들은
무엇을 생각하는지 주고받는 대화가 끊이질 않는다.

그러나 한쪽 벽에 걸려있는 십자가에
눈길을 주는 이는 아무도 없다.

나는 참으로 가련한 인간이다.
언제나 생각을 하기 때문이다.

한번 생각에 빠지면
아무 생각 없이 그냥 멍해진다.

나는 오늘도 생각에 빠져
멍하니 십자가를 바라보고 있다.

마치 초점 잃은 눈동자로
소주병을 쳐다보는 얼간이들처럼….

✍ 신의 축복

평범한 이들은
뛰어난 재주를 가진 사람을 부러워한다.

그러나 평범한 이들은
재능 있는 자들의 고통을 알지 못한다.
그들만이 겪고 있는 처절한 외로움….
그리고 평범한 이들의 끊임없는 질투….

신에게 받은 한 가지의 재능은
오히려 그 인간에게 많은 고통을 부여하고 있다.
그런 면에서 본다면 신은 참으로 공평하다 할 것이다.

재능 있는 사람들치고 밝은 삶을 살다가 간 이는 없다.
한결같이 어두운 삶을 몸부림치다가 외롭게 떠나갔다.

그렇다면 신이 진정으로 사랑하는 이는
재능 있는 자가 아니라 평범한 이들일 것이다.

하지만 우리가 분명하게 알아야 할 것은
재능있는 자들이 겪고 있는 처절한 외로움과 고통 속에
가장 큰 신의 축복이 담겨있다는 사실이다.

삶의 고통이야말로 신에게 다가가는
가장 빠른 지름길이기 때문이다.

외롭게 살다 간 재능 있는 자들치고
신과 밀접한 관계를 맺지 않은 이는 없다.
재능 있는 자들에게 있어 재능, 그 자체가 신의 축복이 아니라
그 재능으로 인한 고통 때문에
신과 가까워질 수 있다는 것이 바로 신의 축복인 것이다.

다시 말하자면
신의 축복은 재능이 아니라 고통인 것이다.

⟋ 세 월 1

자신이 무엇을 성취했는지
다른 이들을 통해 문득 깨달을 때가 있다.
남들이 갖지 못한 나름대로의 소유.

자신이 가진 것이 무엇인지를 알고
즐길 줄 아는 것도 소중한 행복이자 지혜다.

가끔은 가진 것에 대한 풍족함을 만끽해 보자.
얼마나 행복할 것인가.
갖지 못한 것보다는 가진 것에 대해 감사하면서….

전에는 알지도 못하면서 아는 체 설쳐 댔지만
이제는 알면서도 모른 척한다.

그전에 나보다 앞서갔던 사람들에 대해
무작정 판단하고, 무작정 흉을 보고, 무작정 떠벌렸던 것들에 대해
진심으로 후회하고 뉘우치고 있다.

그리고 그러한 나의 모습을
묵묵히 시간 속에 묻어 준 모든 분들에게 진심으로 감사드린다.

나 역시도 다른 이들의 미숙함을
묵묵히 시간 속에 묻어줄 수 있어야 할 텐데….

더 많은 세월을 보내기 전에
좀 더 넓은 마음을 소유하도록 노력해야지….

✒ 세월 2

모든 문제의 열쇠는 시간이 쥐고 있다.
옳고 그름에 대한 논쟁도 다 부질없는 짓이다.
옳고 그름에 대한 판가름도 결국엔 시간이 결정한다.

시간과의 싸움에서 이기는 자가 결국 승리한다.
시간은 결코 조급함이나
무디어짐으로서 다스려지는 것이 아니다.

시간은 오직 인내와
노력하는 자에게만 천천히 다가오는 것이다.

지혜로운 자에게는 뚜렷한 형체를 지닌 실상이나
지혜롭지 못한 자에게는 결코 느낄 수 없는 허상과도 같은 것.

그 실상을 느끼는 자들만이
시간의 지혜로움을 체험하게 될 것이다.

세월은 나에게도 많은 가르침을 가져다주었다.

무절제한 사람을 이해하게 되었고
이기적이고 거짓된 사람들을 이해하게 되었다.
그럭저럭 세상에 맞추어지고
생활에 무디어지는 사람들을 이해하게 되었다.

그리고 이제는
나 자신을 이해하려고 노력하고 있다.

시간 죽이기

아무것도 할 일이 없다.
노력함으로써 지금의 환경이 바뀔 수만 있다면….
그저 시간이 흐르기만을 기다리고 있을 뿐이다.

사람들은 아무 생각 없이 말을 하고 약속을 한다.
그리곤 너무나 거리낌 없이 약속을 지키지 않는다.
어떤 이는 자신이 한 약속을 기억조차 하지 못한다.

그들과의 약속으로 인해
나 역시도 많은 이들에게 약속을 했건만….
그들의 무책임으로 인해 나 역시 실없는 놈이 되어 버렸다.

그들의 말을 믿고 여태껏 시간을 죽이며 기다려 왔건만,
앞으로 더 많은 시간을 죽이며
마냥 기다려야만 하는 현실에 화가 치밀어 오른다.
할 수 있는 것이 마냥 기다리는 것뿐이라니….

불확실한 미래에 대해
다른 이들의 기다림을 기대할 수는 없다.
불확실한 미래에 대한 나의 확신을 그들에게 강요할 수도 없다.
현실에 불안을 느끼는 그들에게 해줄 수 있는 말이 없다.
침묵이야말로 현재로선 내가 할 수 있는 최선의 방법이다.

약속이나 미래에 대해 확실하게 책임질 수 없을 땐
침묵으로 오늘을 죽이고 내일을 기다리는 것만이
그들의 신뢰감에 대한 최소한의 예의일 것이다.

떠벌림 없이 시간을 죽이다 보면
조그마한 신뢰감이 더 큰 신뢰감으로 되돌아올 것이다.
그날까지 말을 아끼고 좀 더 참고 견디어보자.

나의 시간 죽이기 방법은 이러하다.
마냥 생각에 잠기거나, 글을 쓰거나,
책을 읽거나, 거리를 싸돌아다닌다.

그러나 시간 죽이기에 가장 좋은 방법은
뭐니뭐니해도 술을 퍼마시는 게 최고인 듯하다.

✐ 우울증

이제 우울증이란 너무 흔한 병이 되어 버렸다.
하지만 자세한 의학적 소견은 알지 못한다.
분명한 것은 우울증이란 사치병 중의 하나이다.

출근길에 우울증에 관한 이야기를 라디오에서 들었다.
우울증 증세가 요즘의 내 심리적 상태와 너무나 동일했다.
나 역시도 사치병에 걸린 것인가?

아무 일도 하기가 싫다.
어떠한 의욕도 없다.
그냥 마냥 누워있고만 싶다.
벌써 한 달째 이러고 있다.
한동안 이러다 말겠지 했는데 좀처럼 나아지질 않는다.

해야 할 일을 하지 못하는 데서 오는 스트레스가 편두통으로 이어졌다.
무엇을 먹어도 소화가 되지 않고 뱃속에서 가스만을 배출한다.
잔뜩 바람이 든 개구리의 뱃가죽처럼 빵빵하게 헛배가 불러있다.
그래도 무엇이든 계속 먹어댄다.

이제껏 이렇게 무방비로 나를 버려둔 적이 없었다.
다시 마음을 추스려야 할 텐데…, 빌어먹을….

우울증이란 언제고 마음만 먹으면 쫓아낼 수 있다.
문제는 나 자신이 전혀 그러고 싶지 않다는 데에 있다.
이것이야말로 가장 심각한 우울증이 아닐까 싶다.

✐ 일회용

우리네 인생은 일회용 종이컵에 불과하다.
간편할수록 사랑받는 일회용 종이컵.

너무 낭비라는 생각이 들어
씻어서 엎어 두었다가 두세 번 다시 사용해보지만
쭈글거리는 것이 역시 일회용은 한 번으로 족하다.

일회용은 사용이 끝나면 버려져야 한다.
하지만 버려지는 종이컵에도 마지막 유용한 쓸모가 남아있다.
버려지기 전,
마지막으로 가장 효율적으로 쓰일 수 있는 용도는 재떨이로의 사용이다.
마음껏 가래침을 뱉어도 씻을 필요가 없으니
이 얼마나 간편하고 훌륭한 쓰임인가.

담배꽁초를 비벼 끄고, 가래침을 뱉어대다가
종이컵에 가득 쌓이면 휴지통에 통째로 버리면 그만이다.
아직 담배꽁초와 가래침을 받아낼 수 있는데 그냥 버려진대서야….

참고로 옛날 중국의 황실에는
황제 옆에 늘 동행하는 특별한 환관이 있었는데
바로 황제가 뱉는 가래침을 받아먹는 전문 환관이라고 한다.
더럽긴 하지만 실제 기록이 존재하는 역사적 사실이다.

일회용의 장점은 편리함이다.
편리함이란 효용성을 뜻한다.
어차피 우리네들 삶이 일회용이라면
담배꽁초와 가래침까지 받아낸 후에 버려져야 하지 않을까….

효용성이 뛰어난 인간은
의외로 철저한 일회용이 될 수 있지만,
효용성이 없는 인간들은
그저 깨끗이 쓰이다 버려지는 일회용이 되기를 바란다.
그리고 세상은
깨끗하게 쓰이고 버려지는 일회용을 멋진 삶이라 말하고,
가래침까지 받아낸 일회용을 추잡한 삶이라 말한다.

결국 효용성이란
얼마만큼의 이용가치를 보여주느냐에서 출발한다.
한 번 쓰이고 버려지는 일회용은 그만큼의 효용가치가 없음을 뜻한다.

누군가 한 가지 삶을 선택하라 한다면
나는 일회용 종이컵보다는
종이컵을 사용하는 사용자의 삶을 선택할 것이다.
그리고 그러한 삶이 나에게 주어진다면
나는 일회용 종이컵보다는
투박하고 질편한 도기컵을 두고두고 사용할 것이다.

현대인들은 너무나도 당연하게 일회용에 길들여져 있다.
도기컵을 씻어내는 수고로움을 좋아하지 않는다.
무엇이든 그냥 편리하게 한 번 쓰고 버리면 그만이다.

하지만 사람들은 자기 자신이
일회용이 되어가고 있음을 인식하지 못한다.

✐ 삶의 위안

지루하기만 한 고단한 삶 속에도
사람에게 주어지는 단비와도 같은 위안들이 있다.

자연을 접할 때나
온몸이 흠뻑 땀에 젖도록 운동할 때.
좋은 영화를 보거나 좋은 글을 읽을 때.
누군가와 적당히 취해 나누는 대화.
취미생활이나 자신이 하는 일에 온전히 몰입하거나
바쁜 일을 끝냈을 때의 홀가분한 기분.
그리고 한가하게 마시는 커피 한 잔.
어느 날 밤,
피곤에 지쳐 깊은 잠에 빠져들었을 때 등….

생각해보면 순간순간 우리들 삶에 주어지는
행복이나 위안은 의외로 많다.
단지 스스로 느끼거나 깨닫지 못할 뿐….

미래에 대한 거창한 계획이나 목표
또는 희망 따위의 것들은 자신을 끊임없이 괴롭히고
현재의 희생을 강요한다.
우리네들 삶이 고단해지는 이유다.

고단하고 지루하기만 한 일상적인 삶 속에서

그때그때 주어지는 위안을 깨닫고 즐기는 사람에겐
미래가 아닌 현재를 즐기는 삶이 주어질 것이다.
행복이란 지나간 과거나 다가올 미래가 아닌
분명 현재 진행형일 것이기 때문이다.

언제나 그러했듯 내가 느끼는 행복은
늘 크고 거창한 것에 있지 않았다.
나의 행복은 언제나 작고 소소한 것에 있었다.
그리하여 나는 오늘도 주위를 두리번거린다.
작고 소소한 것들을 놓치지 않기 위해서….

과거에 대한 후회나 미련 따위는 없다.
또한, 미래에 대한 계획이나 희망 따위도 없다.
그저 하루하루 주어지는 조그마한 행복을 위안 삼아
현재인 오늘을 즐기며 살아갈 뿐이다.

유일한 후회가 있다면
왜 진작 이러한 삶을 살지 못했는가이다.
물론 젊어서도 이러한 이치를 깨닫고는 있었다.
하지만 생각과 실천은 엄연히 다른 것이다.

생각하고 깨달은 바를 실행하는 것은
굳은 의지가 아니라 오랜 연륜인 듯하다.

젊어서는 그렇게 실천해 보려 해도 되지 않던 것들이
이제는 아무 노력 없이 그냥 행동으로 옮겨진다.

나이 듦의 아름다움이다.

"열심히 하는 자는 좋아하는 사람만 못하고
좋아하는 자는 즐기는 사람만 못하다." (공자)

✒ 파렴치한 바람둥이

일요일이지만 불안한 마음에 회사에 출근했다.
아무도 없는 적적한 공간이 마음을 편안하게 한다.
아무 일도 하지 않고 마냥 앉아 있고만 싶다.

일은 전혀 손에 잡히지 않고,
기분전환이나 해볼 겸
사무실의 물건들을 이리저리로 옮겨보았다.
책상, 소파, 책장, TV 등….

그러나 도무지 마음에 들지 않는다.
옮기기 전에는 지루하고 싫증이 났었는데….
막상 위치를 바꿔보니 원래 있던 자리가 제일 나은 것 같다.
그래서 원래 있던 위치로 다시 되돌려 놓았다.
이런 걸 두고 헛고생이라 한다.

어느 날 문득
오랜 세월 함께한 사람이 지루하고 싫증이 느껴질 때,
우리는 다른 사람을 생각하게 된다.

새로운 사람을 만날 때의 신선함!
그 신선함은 이성적인 생각을 멈추게 하고
깊은 소용돌이 속으로 빠져들게 한다.

그러다 문득 옛사람을 깨닫게 됐을 때의 죄책감이란….
책상 배치를 새로이 했다가 되돌려 놓듯이 할 수는 없는 것.

옛사람도 소중하고 새로운 사람도 소중하다.
그러나 옛사람은 새로운 사람과 함께할 수 없으며
새사람 역시 옛사람과 함께할 수 없다.

새로운 사람을 바라보면 옛사람에게 몹쓸 짓이고
옛사람을 바라보면 새로운 사람에게 몹쓸 짓이다.

그러하므로 바람은
웬만큼 뻔뻔한 사람이 아니고서는
아무나 피울 수 있는 것이 아니다.

옛사람과 새로운 사람 모두를 소유하고자 하는 사람을
우리는 파렴치한 바람둥이라고 말한다.

✒ 진실

우리네들 마음속,
무언가를 가리기 위해 피를 말리는구나.

무언가 알지 못할 우리네들 마음속,
원하는 것을 감추기 위해 뼈를 부수는구나.

그대들의 마음은 시커먼 관 속에 깊이 누웠고
무거운 관 뚜껑만이 그대에게 어두움을 선사하는구나.

어리석은 자여,
그대의 피가 마르고
그대의 뼈가 부수어질 때 그대는 무엇을 얻겠는가?

그대의 육신이 터지고
그대의 진실이 흙 속에 묻힐 때
그대는 더 이상 무엇을 숨기겠는가?

그대의 육신은 흙 속에 묻히나
그대의 진실은 빛을 봐야 하지 않는가.

어리석은 자여,
그대의 진실이 찬란한 빛과 함께 그대의 관 뚜껑을 열어주리라.

하지만 어리석은 자여,
어이하여 썩은 육신을 부끄러워하는가?
어이하여 썩은 육신을 서글퍼하는가?

어리석은 자여,
그러려거든 관 속 깊이 틀어박혀
관 뚜껑을 굳게 걸어 잠그려무나.

그대의 진실은 영원히 흙 속에 묻히어
무성한 잡초만을 키워가리니,
그대의 조그마한 진실은 터질듯한 심장을 움켜쥔 채
흐르는 세월 따라 썩어져 가리라.

그러나 어느 날엔가
그대의 잡초들 속에도
어여쁜 꽃송이는 소리 없이 피어나리니,
차가운 아침 이슬만이 너를 반기어주리라.

✎ 태 풍

사람들은 태풍을 자연재해라고 말한다.
하지만 그것은 단지 인간의 관점일 뿐이다.
태풍은 자연재해가 아니라
자연보호를 위한 지구의 자체 방어 시스템이다.

태풍은 지구의 대기를 뒤집어 놓음으로써
오염된 지구의 공기 순환을 돕는 일종의 정화작업이다.
태풍은 공기뿐만 아니라
쓰레기로 뒤덮인 계곡이나 강과 바다를 깨끗이 청소하는
지구의 자체 정화작업인 것이다.

태풍으로 인한 인간의 피해는
자연을 망치고 침범한 대가다.

스트레스가 쌓이고 쌓이던 어느 날,
스트레스가 극에 달하면
작정하고 술집을 찾아 폭음하는 심리와 같다.
알콜은 밤새도록 사람의 속을 뒤집어 놓음으로써
그동안 지친 몸과 마음을 정화하는 것이다.

술 취함으로써 몸이 망가지는 것은
스트레스를 스스로 다스리지 못하고 술집을 찾은 대가다.

사람들은 모두 평온한 삶을 꿈꾸지만
태풍은 가정이나 사회생활에도 이따금 거칠게 휘몰아친다.
가정이 깨지고 사회생활이 파탄 나는 것은
자신의 무능력이나 어리석음의 대가다.

요즘 나의 관심사는
자연을 정화하는 거대한 태풍이나
사회나 가정을 휘젓는 변화의 바람이 아니다.

나의 관심사는 오직
자기 내면에 일렁이는 고요한 바람에 있다.
이 녀석은 너무나 조용해서
웬만큼 주의를 기울이지 않고서는 전혀 눈치챌 수 없다.
오직 자신의 은밀한 내면을 냉철하게
직시할 때만이 정체를 드러내는 놈이다.

감정의 미세한 진동!
마음에 이는 바람!
찻잔 속의 태풍!

외적인 것보다는 내적인 것에 집중하는 것은
속이 뒤집어지는 것을 원치 않기 때문이다.
평온함을 유지하기 위해서는

끊임없이 자기 내면을 들여다보아야 한다.

찻잔 속의 태풍은
스스로의 내면을 마주하는 것만으로도
충분히 잠재울 수 있다.

성숙한 자아가 언제나 자신을 돌아보게 하라.
성숙한 자아만이 태풍을 막아줄 것이다.

자신의 내면을 스스로 청소하지 못한다면
언젠가는 태풍이 거칠게 자아를 대신 할 것이다.

✍ UFO

2019년 8월의 어느 날 밤.
성남 부모님 댁의 빌라 옥상에서
돗자리를 깔고 동생하고 막걸리를 마시고 있었다.

그때 우연히 낮은 산등성이 너머로
빠르게 날아가는 4개의 둥근 흰색 불빛을 보았다.

순간 UFO를 외쳤지만
동생이 돌아다 봤을 때는
이미 산등성이 너머로 사라졌다.

✐ 회 상

무슨 일이든
그 일을 즐기기까지에는
많은 노력과 시간을 필요로 한다.
인생도 그러하고, 그림도 그러하고, 글도 그러하다.

무슨 일이든
자기 스타일을 찾아가는
지루하고 고단한 과정들이 존재한다.

나에겐 삶이 그러했고
그림을 그리고 글을 쓰는 과정이 그러했다.

어느 날엔가 의도치 않게 문득 보이기 시작했다.
사람 사는 세상과 예술이라 칭하는 모든 것들이….

다 늙어서야 비로소
인생과 예술을 즐길 줄 아는 경지에 다다른 듯하다.

나의 젊은 시절은
빨리 빨리란 조급함이 모든 것을 망쳐 놓았다.
조금만 더 느긋했더라면 이러한 깨달음은
좀 더 일찍 찾아왔을 것이다.

이제 내가 기울이는 노력은
좀 더 게을러지는 것이다.
머슴 같은 삶을 살아온 나에게는
게을러지는 것이 가장 힘든 일이다.

빌딩과 사람들로 넘쳐나는 도시를 떠나
깊은 산 속에서 해가 지면 자고 해가 뜨면 일어나고,
심지어 해가 쨍쨍한 대낮에도
아무데서나 자빠져 자면 어떠하리...
나무그늘 아래 돗자리만 펼치면 천국이 되는 것을...

기다리던 사랑 대신
죽음이 찾아오기 전에
한번쯤은 느긋하고 게으른 삶을 살아봤으면...

ℓ 생 일

작은 선물과 손편지를 정성껏 준비하고
꽃집에 들러 조그마한 꽃다발을 구입한다.

해마다 그 사람의 생일이 다가올 때면
몇 달 전부터 두근거리는 마음으로 준비하곤 했다.

올해도 어김없이
손편지를 정성껏 준비하고
어떤 선물이 좋을까를 고민하며
그 사람의 생일을 기다렸다.
하지만 모든 것을 스스로 멈춰 세웠다.

이제 그만하자.

이러한 결심을 굳히게 된 것은
도통 마음을 열지 않는 그 사람에게
자존심이 상했다거나 화가 나서가 아니다.

혹여나 나의 선물이 그 사람에게 부담이나
민폐를 끼치는 것은 아닐까를 염려해서다.

올해,
그 사람의 생일에는

선물이나 꽃다발을 준비하지 않았다.
오늘 새벽 일찍,
생일을 축하한다는 문자를 보냈다.

왠지 슬프다.

✒️ 작은 거인

예전에 어떤 여자가 TV 예능프로에서
키 180cm가 안 되는 남자는 루저라고 했다가
욕을 바가지로 먹었던 때가 있었다.
그때 소설가 이외수 씨의 일침이 기억난다.

"키 180cm가 안 되는 남자들이
루저라고 생각하는 그 여자야말로 루저다."

진짜 거인은
외적인 용모에 있지 않을 것이다.
키만 커다랗다고 해서 마음까지 큰 것은 아니다.
마음이 깊고 커다란 사람이야말로
진정한 거인이라 불리울만 하다.

나도 한때는 친구들 사이에서
작은 거인이라 불리던 때가 있었다.
지금은 나이가 들어서인지
작은 거인이라 불리던 때보다 키가 더 작아졌다.

나는 과연 작은 거인인가?
아니면 그냥 호빗족인가?

✍ 꿀 잠

최근 들어 또다시 철야 작업이 부쩍 늘었다.
바쁘다는 핑계로 아는 이들과의 만남을
차일피일 미루다 보니 "돈을 많이 벌겠네."라는
비아냥을 가끔씩 듣곤 한다.

돈을 많이 벌면서 철야 작업을 한다면야
힘들 일이 뭐가 있겠는가….
돈은 못 벌면서 늘 철야 작업을 해야 하는 현실이 고달픈 것이지….

어제도 꼬박 철야 작업을 했다.
아침 7시,
대충 씻고 일부 끝난 일을 챙겨서 집을 나섰다.
끝난 일을 갖다 줄 때는
사람들이 출근하기 전에 일찍 갖다 놓는다.
사람 만나는 것을 극도로 꺼리기 때문이다.
대중교통을 이용해
오고 가고 왕복 3시간 정도가 소요된다.

다시 집에 도착해서
잠시 소파에 누워 잠을 청해보지만
잠이란 놈이 그렇게 쉽게 찾아올 리가 없다.

밀당 중에 최고의 밀당을 꼽으라 한다면

사랑하는 그녀와의 밀당을 빼면
잠과의 밀당이야말로 최고라 할 만할 것이다.

몸뚱이도 적당히 피곤해야지
너무 피곤하면 오히려 잠을 이루지 못한다.
몸뚱이는 피곤한데 대가리가 쌩쌩하다.

이런 날은 일은 일대로 못하고
잠은 잠대로 못 잘 것이라는 것을 경험상 알고 있다.
그렇게 하루 종일 소파에 누웠다 책상에 앉았다를 반복하다가
어두운 저녁이 되어서야
소파에서 깜박 잠이 들었다.

저녁 10시,
눈을 떴지만 잠에 취해
도저히 일을 할 수 있는 컨디션이 아니다.
끝내줘야 할 일이 걱정이지만
이런 날은 일찍 포기하는 것이 상책이다.
잠의 찌꺼기가 가시기 전에
아예 간이침대를 펴고 편하게 누웠다.

다음 날 아침,
빗소리에 잠을 깼다.

이렇게 꿀잠을 자 본 게 얼마 만이더냐….

"잠으로 지새우는 밤이야말로 최고의 밤이다." (칼 힐티)

나의 밤은 주로
술로 지새우거나,
아니면 일로 지새우거나,
그것도 아니면 생각으로 하얀 밤을 지새운다.
이렇게 잠으로 지새운 밤이 얼마 만이더냐….

급하게 대충 씻고
보온병에 커피를 담아
우산 없이 비를 맞으며 양재천을 찾았다.
보슬보슬 내리는 비지만 꽤 많은 양의 비가 내린다.

흐리고,
우중충하고,
비 내리는 이런 날을 좋아한다.
가끔은 날씨가 우울해서 우울한 건지
아니면 마음이 우울해서 우울한 건지 헷갈린다.
생각이 깊어져서 우울함이 찾아든 건지
아니면 우울해져서 생각이 찾아든 건지 헷갈리는 것과 같다.

우울함은 우울함을 부르고

생각은 또 다른 생각을 불러들인다.

생각에 발목이 잡히면 하루를 망친다.

생각을 다른 말로 표현하면 게으름이라 한다.

하루 종일 우울함과 깊은 생각에 빠져들고 싶지만

해야 할 일이 있다.

어젯밤에는 잠도 실컷 잤으니

게으른 생각을 떨쳐버리고 우울한 하루를 시작해 보자꾸나….

엘리베이터

예전엔 엘리베이터의 닫힘 버튼을 누르면
25원 정도의 추가비용이 발생한다는 설이 있었다.

그래서 엘리베이터를 탈 때마다
닫힘 버튼을 누르지 않고 자동으로 닫힐 때까지
3, 4초가량을 기다리곤 했었다.

어찌 보면 짧은 시간이지만
성질 급한 놈에겐 많은 인내심을 필요로 했다.

하지만 실험 결과, 자동으로 닫히나,
닫힘 버튼을 눌러서 빨리 닫히나,
전기 사용량은 동일하다고 한다.

그 사실을 안 이후로는
엘리베이터 안에서 자동으로 닫힐 때까지 기다리지 않고
망설임 없이 닫힘 버튼을 누르고 있다.

엘리베이터 안에서 문이 닫힐 때까지
숨죽이고 참아내야만 했던
그 오랜 세월이 그저 억울할 따름이다.

✍ 현명한 토론

TV에서 정치가들이 토론하는 걸 지켜보면
젊잖게 시작해서 결국은 그들만의 감정싸움으로 격해진다.
천박한 자존심의 말싸움이 시작된 것이다.
그들은 단지 토론에서 지고 싶지 않은 것이다.

이 문제는 정치인들만의 문제가 아니라
일반인들의 일상적인 삶에서도 그러하다.
대화에 자존심이 결부되면 문제의 본질보다는
본인의 밑바닥 성깔을 드러낼 뿐이다.
솔직함은 아마도 이러한 무의식의 반응일 것이다.

말을 하려는 자와
들으려는 자는 토론의 시작부터가 다르다.
들으려는 자는 신중하고
말을 하려는 자는 자신의 생각을 정리하거나 돌아보지 않는다.
사람은 말을 하기 전에
반드시 자신의 생각을 먼저 돌아볼 줄 알아야 한다.

대화나 토론은
상대의 말을 듣는 것으로부터 시작된다.
문제는 상대방의 얘기를 듣기만 해서는
대화나 토론이 이어지지 않는다는 것이다.
대화나 토론이 재미있게 이어지려면

가끔은 상대방의 말을 끊고 주접을 떨어줘야 한다.
절제를 통한 의도적인 이러한 주접이야말로
대화의 묘미이자 현명함이라 할 것이다.

현명함은 이렇듯 사소한 것에서 빛을 발한다.
그리고 사소함 속에서의 이러한 현명함을 알아보는 것은
상대의 또 다른 현명함에 대한 문제다.

현명한 토론자는
토론의 당사자이면서 제3자의 입장을 취할 줄 아는 자이다.

🖋 정치의 수준

미국에서 트럼프가 대통령에 당선되었을 때
엄청난 충격을 받았다.
트럼프 같은 인간이 어떻게 미국의 대통령이 될 수 있다는 말인가?
민주주의를 대표하는 나라이자
지성인들의 국가라고 믿어왔던 미국이라는 나라에 대한
나의 편협한 생각들이 산산이 부서지는 계기가 되었다.

자신의 임기 동안 트럼프라는 인물이 보여 준 것은
나의 선입견을 오히려 훌쩍 뛰어넘는
아주 놀라운 수준 이하의 인간말종이었다.
이 인간은 다음 대통령 선거에 또 출마할 것으로 보인다.

비슷한 시기에 가까운 일본에서는
아베라는 인간이 오래도록 총리직을 유지하고 있었다.
말이 좋아 총리지 일본은 거의 독재국가라 해도 무방할 것이다.
일본이라는 섬나라와 아베에 대해서는 굳이 설명하지 않겠다.
그럴 가치가 없기 때문이다.

그나마 하늘이 보호하사
아베라는 인간말종은 얼마 전에
선거유세 도중 총에 맞아 뒈졌다.

얼마 전 한국에서는

윤석열이라는 인간이 대통령에 당선되었다.
당선된 지 두어 달 동안 그가 보여 준 모습은
그야말로 한심하기 짝이 없는 거의 꼴통 수준이었다.
그가 저지른 꼴통짓에 대해서는 일일이 나열하지 않겠다.
하지만 일본에 대한 그의 태도에 대해서만큼은
분명하게 지적질을 하고 싶다.

대통령이 되기 전부터 일본에 추파를 던지더니
대통령이 되고 나서는 더더욱 노골적으로
일본에 애정 공세를 퍼붓고 있다.
국민들에게는 그렇게도 자존심을 내세우더니
일본을 대하는 태도에는 자존심이고 뭐고도 없다.

심지어는 아베라는 인간말종이 총에 맞아 뒈지자
아베 분향소를 직접 찾아가 조문까지 했다.

그것도 모자라 대한민국의 문체부에서는
청와대에 일본강점기 때 지어졌던 조선총독부 관저의 모형을
복원해 놓겠다고 한다.
조선총독부 건물에 대해 참고로 말하자면
전 김영삼 대통령 때,
일제 잔재를 없앤다는 취지에서 일본과 친일파들의
극심한 반대와 회유에도 불구하고 폭파 해체해 버린 건물이며,

청와대에 모형을 복원하겠다는 관저는
조선을 수탈하기 위해 파견된 일본 관리들이 머물던 곳이다.

그리고 며칠 전에는 일본 정부에서
후쿠시마 원전폐수를 바다에 방류하겠다는 공식적인 발표를 했지만
대한민국의 윤석열 정부는 단 한마디도 하지 않고 있다.
이미 일본 언론에서는 한국 정부는
원전폐수 방류를 반대하지 않고 있다는 보도를 내보내고 있다.

그리고 가장 최근에는
일본의 자민당 소속인 에토 세이시 의원이
"과거 한국은 일본의 식민지였으므로
일본은 한국의 형님뻘이 된다."라는 망발을 지껄여댔지만
윤석열 정부는 이 발언에 대해서도 침묵으로 일관하고 있다.

과연 윤석열은 대한민국의 대통령인가?
아니면 일본에 충성하는 친일 앞잡이인가?

미국에서 트럼프가 대통령에 뽑혔을 때
비로소 미국 국민들의 낮은 수준을 알게 되었고,
일본에서 아베라는 인간이 총리로 장기집권하는 것을 보고
일본 국민들의 낮은 정치 수준도 알게 되었다.

그리고 대한민국에서
윤석열이라는 인물이 대통령이 되는 것을 보고서야
대한민국의 국민들 역시 수준 이하임을 깨달았다.

"국민은 그들의 수준에 걸맞는 정부를 갖는다." (조제프 드 메스트르)

트럼프와 아베,
그리고 윤석열 같은 수준 이하의 인간들이 대통령에 당선되는 것은
결국, 그 나라 국민들의 수준을 말해 주는 것이다.

✎ 블루클럽과 셀프 인생

2022년 7월 25일 오후 2시,
4차 코로나 예방주사를 맞았다.
하루 종일 아무 이상이 없었는데 새벽부터 주사를 맞은
왼쪽 팔뚝의 심한 근육통 때문에 밤새 깊은 잠을 이루지 못했다.

오늘 아침 일을 받으러 잠실 쪽에 있는 회사를 가는데
정신이 몽롱한 것이 마치 독한 약을 잔뜩 먹은 것처럼
구름 위를 걷는 느낌이다.
3차 접종 때까지는 이러지 않았는데
4차 접종 이후의 몸뚱이 반응이 괴이하다.
며칠 이러다 말겠지….

코로나 이후 마스크를 쓰는 것이
이제는 어느덧 일상이 되어 버렸다.
처음에는 마스크를 쓰는 것이
그렇게도 거추장스럽고 싫더니만….

요즘에는 마스크를 쓰고
거리를 지나는 여자들이 죄다 예뻐 보인다.
하지만 마스크를 벗었을 때의 실망감이란….

40여 년 전,
미용실은 여자들이 가는 곳이고

남자들은 이발소를 가는 것이란 정해진 고정관념들이 있었다.
지금이야 남자든 여자든 구분 없이
미용실을 이용하고들 있지만 그때는 그랬다.

당시 사춘기였던 나는
당연히 동네의 이발소를 애용하고 있었는데
언제부터인가 이발소들의 퇴폐영업이 일상화되어가면서

동네 이발소에도 면도를 하거나, 머리를 감거나,
세수 후에 스킨이나 로션을 발라주는 행위를
이발소의 아줌마나 아가씨들이 대신해 주곤 했다.

하지만 당시의 나는
낯선 여인네들의 손길이 어찌나 거북하고 싫었던지….

더 이상 동네 이발소를 가고 싶지 않았다.
어쩔 수 없이 이발소를 가더라도 머리를 감거나
스킨이나 로션을 바를 때는
그녀들의 서비스를 거부하고 셀프로 직접 했었다.

그러던 와중에 블루클럽이라는 이발소 체인점이
여기저기 생겨나기 시작하면서 나의 고충은 사라졌다.
당시에 블루클럽의 이발비는 5,000원이었는데

지금은 10,000원으로 두 배가 되었다.
머리를 자르는 것 외에는 모든 것이 셀프다.
요즘 말로 하면 그야말로 '가성비'가 짱이다.

20여 년 전에도 블루클럽 하면
싸구려 이발이라는 편견들이 있었다.
그래서인지 초등학생인 아들내미도
블루클럽보다는 미용실을 다니고 있었다.
당시에 아들내미를 살살 꼬셔서
처음으로 동네 블루클럽으로 데려갔다.
머리를 깎고 밖으로 나왔는데
길바닥에서 대성통곡을 하며 하는 소리가

"내 머리를 이렇게 깎아 놓는 건 아빠가 나를 두 번 죽이는 거야…."

그 당시 아들의 모습을 생각하면 지금도 웃음이 절로 나온다.

그랬던 아들은 군대를 다녀와서 대학을 졸업하고
지금은 웹디자인 회사를 다니고 있다.
아들은 그 이후로 지금까지도 블루클럽을 가지 않는다.
물론 나는 지금도 변함없이 블루클럽을 애용하고 있다.

나는 다른 이들의 서비스에 익숙하지 못하다.
서비스를 받노라면 왠지 어색하고 오히려 불편하다.
내가 셀프를 선호하는 이유다.

두루뭉술한 세상

생각을 반복하면 현실이 된다.

생각은
슬픔을 불러들이고
슬픔은 현실이 되었다.

그렇다면 과연
슬픔은 현실 때문인가?
아니면 생각 때문인가?

꽃을 바라보다 꽃이 되었다.

꽃으로의 변화는
현실이 아니라 상상 때문이다.

슬픔에 대한 정의는 애매모호하고
꽃에 대한 정의는 명확하다.

이렇듯 세상은
쉬운 답과 모호한 답이 공존하며
조화를 이룬다.

굳이 한 가지 명확한 해답을 찾아
자신을 괴롭힐 필요가 있겠는가….

✎ 추억 팔이

토요일 아침,
이틀가량 이미 농땡이를 피운 이후라
아침에 눈을 뜨자마자 벌떡 일어나 대충 정리하고,
샤워를 하고 바로 책상 앞에 앉았다.
이렇게 하지 않으면 오늘 하루도
어영부영 지나게 될 것을 알기 때문이다.
하지만 굳은 결심도 잠시….

갑자기 밖에서 쏟아지는 빗소리에 장화를 신고,
우산을 챙겨 들고 비 내리는 양재천을 찾았다.
양재천을 걷다가 문득
내 인생 최악의 시절을 보냈던 동네가 떠올랐다.
양재천만 건너면 '포이동'이라는 그 동네다.
터벅터벅 걸어서 포이동에 도착했다.

동네는 리모델링되어 조금씩 바뀌었지만
내가 살았던 일신빌라는 20여 년 전,
그 모습 그대로였다.
이곳 지하 원룸에서 15년간 운영하던 회사가
쫄딱 망해가는 최악의 시절을 보냈었다.

월세를 일곱 달, 여덟 달을 밀리고
가스비와 전기요금을 내지 못해

가스가 끊기고 전기가 끊기는 생활을 반복했던 곳이다.
그야말로 추억 돋는 장소다.

거칠게 쏟아지던 소나기가 갑자기 그쳤다.
하지만 이미 감성이 찾아들었으니
추억 팔이나 계속 이어가 보자꾸나.

여기서 큰길 하나만 건너면
그 이후에 살았던 또 다른 빌라가 나온다.
3층에 살았던 그 빌라는 이름도 기억나지 않는다.
동네를 서너 바퀴 돌아봤지만
살았던 빌라를 도저히 찾을 수 없다.
아마도 리모델링 되었거나
다른 건물이 지어진 것이 아닐까 싶다.
이곳 빌라에서는
15년간 운영했던 회사가 완전히 망해 버렸고,
20년간 살았던 마누라와도 이혼하고
각자 헤어졌던 곳이다.

그 이후로는 더 이상 서울생활을 이어가지 못하고
좀 더 월세가 싼 성남으로 이사했다.
성남으로 들어간 이후에도
10여 년간 나의 궁핍한 생활은 나아지지 않았다.

생각만 해도 징글징글 맞다.
지금도 여전히 경제적으로 궁핍하지만
마음만은 항상 부자다.
마음으로 느끼는 이러한 행복은
거의 도인 수준에 이르렀다.

돌이켜 생각해보면
그 시절을 어떻게 버텨냈는지 모르겠다.
만약 그 시절로 다시 돌아간다면
절대 버텨내지 못할 것이다.

포이동이라는 동네의 기억이
나에게 더욱 생생한 것은
아마도 나의 인생에서
가장 최악의 시절을 보냈던 곳이기 때문일 것이다.

기억은 항상 최상의 것과
최악의 것만을 저장하고 보존한다.

✒ 좋은 글 2

"섣불리 알게 된 남의 지식을
자신의 것인 양 떠벌리지 말라.
정말 식견이 있는 사람을 만나게 되면
우스갯거리가 될 수 있기 때문이다."
(여곤의 신음어)

그동안 살아오면서
주워들은 멋진 말들로
얼마나 많은 수다를 떨어댔던가….

이러한 좋은 글이
나에게 겸손을 가르친다.

⎲ 헛고생

차분하게 기다리고 있다.
조급하게 서두르면 만나지 못한다.
자신의 노력으로 만날 수 있는 것이 아니다.
하염없이 기다리다 스스로 찾아들지 않으면
다음을 기약해야 한다.

발명왕 에디슨은
한 언론과의 인터뷰에서
"천재는 1%의 영감과 99%의 노력으로 이루어진다."라고 했다.
에디슨의 이 말은
많은 사람들에게 회자되며
노력의 중요성을 강조하는 데 인용되었다.

하지만 에디슨은
자신의 기사가 나간 이후,
언론사에 강력하게 항의했다고 한다.
에디슨이 강조하고 싶었던 부분은
99%의 노력보다는 1%의 영감에 있었던 것이다.
아무리 노력해도
단 1%의 영감이 주어지지 않는다면
99%의 노력이 부질없음을 말하고자 했던 것이다.

모든 창의력의 시작은

1%의 영감으로부터 시작된다.
99%의 노력은 그다음이다.

1%의 영감 없이 99%의 노력을 기울이는 것을
우리는 헛고생이라 한다.

나는 오늘도
스치고 지나가는 영감을 기다리고 있다.
마치 사랑이 찾아들기를 간절히 바라는
사춘기 소년처럼….

⎣ 혼자 마시는 술

혼자 술 취함이
얼마나 부질없는
짓인지를 알아가는 것이
혼자 술 취함의 묘미다

✐ 작은 불행

작은 불행을 겪으며
세상을 원망하다가도
더 큰 불행을 겪는 사람을 보게 되면
자신의 작은 불행에 감사하게 된다.

작은 불행을 겪으며
자신을 돌아보지 않으면
더 큰 불행을 불러들이고,
작은 불행에 미리 대비하지 않으면
더 큰 불행에 속수무책으로 당하게 된다.

작은 불행의 반복은
강하고 큰 사람을 위한
연마과정일 수도 있지만,
대부분은 자신의 어리석음으로 불러들인 불운이다.

작은 불행은
어리석은 인간에게 보내는 일종의 위험신호다.

✎ 난 할 수 있다

20대 초반의 젊은이들이 여럿 모여 있다.
그들 중 리더인 듯한 아가씨가 나서서
"난 할 수 있다."를 외치자,
함께 모여 있던 젊은이들이 모두들 따라서
열정적으로 외쳐대기 시작했다.

"난 할 수 있다~. 난 할 수 있다~."

저들도 곧 깨닫게 될 것이다.
세상엔 할 수 없는 일들이 많다는 것을…

✍ 핸드폰

버스나 지하철을 타면
예전처럼 책 읽는 사람을 보기 힘들다.
모두가 자신의 핸드폰만을 들여다보고 있다.
핸드폰은 이제 모든 이들의 일상이 되어 버렸다.
삐삐로 시작해서 허리에 차고 다니던
벽돌 같은 휴대폰을 거쳐 지금의 스마트폰까지….
지구인의 발전 속도는 실로 놀랍다.

핸드폰의 발전은 인간들에게
많은 편리함을 가져다주었지만
반대로 빼앗아 간 것들도 많다.

나의 경우를 돌이켜보면
핸드폰에 전화번호를 저장하면서부터
뇌의 활동이 현저히 줄어들어
기억력을 감퇴시키는 부작용을 낳았다.
좀 더 지켜봐야 할 사항이긴 하지만
이러한 암기 부족으로 인한 기억력의 감소는
훗날 치매를 불러들일 수도 있을 것이다.

나에게는 늘 메모하는 습관이 있었는데
핸드폰의 메모장에 메모를 하면서부터는
필기도구가 필요 없어져 버렸다.

손으로 글을 쓰지 않는 이러한 세상이 오래도록 지속된다면
아마도 손 글씨를 쓰지 못하는 사람들도 생겨날 것이다.

핸드폰의 일상적인 보급은
그 많던 집 전화와 공중전화도 거의 사라지게 했다.
조만간 우리들 주변에서 이러한 것들은
흔적도 없이 사라지게 될 것이다.

핸드폰이 빠르게 발전해 스마트해지는 동안
사람들은 서서히 느리게 바보가 되어가는 것이다.
하지만 상황이야 어찌 흘러가든
스마트폰은 이제 거스를 수 없는 대세가 되었다.

아주 오래전에는
소수의 인원들만이 문자를 알았으며
문자를 아는 소수들만이
모든 권력과 부를 독점하고 누릴 수 있었다.

현대사회도 둘로 나뉠 것이다.
스마트폰을 따라가는 자와 그렇지 못한 자….

스마트폰에 뒤처져 핸드폰에 머무른 바보들은
모든 권력과 부를 빼앗기고 지배당할 것이다.

문자를 알지 못해
지배당했던 그들의 조상들처럼….

전성기

사람에겐 누구나 인생에서
가장 잘나가는 전성기라는 시기가 있다.
자신에게 주어진 전성기 때의 선택이
앞으로의 남은 인생을 결정한다.

누구나 최고의 전성기를 놓치면
전성기는 다시 돌아오지 않는다.
하지만 전성기라는 기회가
한 번, 두 번 반복적으로 주어지는 사람들도 있다.
바로 노력을 멈추지 않는 이들이다.

사람들은 그렇게 반복적으로 기회가 주어지거나
남들보다 오랜 기간 전성기를 누리는 이들을 보면
운이 좋은 행운아라고 부른다.
하지만 그들은 행운아로 보이는
그들의 피눈물 나는 노력을 알지 못한다.

전성기란 노력을 계속하는 이들에게는
최고의 행운을 가져다주는 기회가 되기도 하지만,
반대로 노력하지 않는 이들에게는
오히려 작은 노력조차 멈추게 하여
인생 최악의 불행을 불러들이는 시기가 되기도 한다.

✒ 칭 찬

그림을 직업으로 삼은 지도
벌써 45년을 넘어가니 거의 반세기에 다달았다.

처음 그림을 접하게 된 것은 중학교 1학년 때,
학교 가는 버스 안에서의 사고 때문이었다.
커다란 유리병에 담긴 염산이 급커브 길에서 넘어지며
내 발등 위에서 깨진 것이다.

당시에도 화학약품을 휴대하고
대중교통을 이용하는 것은 불법이었지만
영세한 공장의 사장님께서는 출근 시간대의 버스에
극도로 위험한 염산을 유리병에 가득 담아 들고
버스에 탑승하신 것이다.

염산은 철도 녹이는 강력한 화학약품으로
완전범죄를 꿈꾸는 공포영화에서
시체를 흔적도 없이 처리할 때 시체를 염산통에 담그곤 한다.
염산통에 담긴 시체는
녹아서 흔적도 없이 사라지는 것이다.

쇠도 녹이는 이러한 염산이
내 발등 위에서 깨졌으니 어찌 되었겠는가….

병원에 입원해 있는 동안
지루함을 달래려 보게 된 만화책이
평생 그림을 접하게 되는 계기가 된 것이다.

당시에 심심풀이로 끄적여 댔던 형편없는
낙서 수준의 그림을 보고 주변에서 한마디씩 해주는 칭찬이
나로 하여금 평생을 그림에 몰빵하게 만들었다.

칭찬은 고래도 춤을 추게 한다고 했다.
당시의 나에게 주변인들의 칭찬과 관심은
고래의 춤을 넘어 한 사람의 인생을 바꾸어 놓았다.

나의 그림쟁이로서의
지루한 삶은 그렇게 시작되었다.

✍ 자아 성찰

"나의 친절을
나의 나약함으로 착각하지 말라."

미국의 시카고를 기반으로 했던 마피아
'알 카포네'가 한 말이다.

3,000년 전,
공자의 글이 생각나게 하는
짧고 담백한 글이지만, 공자의 글과는 달리
섬뜩한 살기가 느껴진다.

알 카포네의 친절을
나약함으로 받아들였던 이들은
그에게 총알 세례를 받았다.

말이나 글이 횡설수설 산만해지는 이유는
내면이 어수선하기 때문이다.
정리되지 못한 이러한 어수선함은
결국, 내면을 열어 어리석음과 죽음을 불러들인다.

세상은 힘 있는 자들의 친절을 아름답다 말하고
그렇지 못한 이들의 친절은 나약함으로 치부된다.

하지만 힘 있는 자들의 친절보다는
힘없고 나약한 이들이 베푸는 친절이야말로
세상을 살아가는 진정한 아름다움이라 할 것이다.

✏ 자존심

자존심이 활성화되면
분노가 꿈틀거리며 활동을 시작한다.
분노는 곧 자신의 동료인 화를 불러들이고
화가 폭발하면 겸손한 척 침묵을 지켜왔던 자존심이
쾌감이라는 아드레날린에 흠뻑 빠져든다.

하지만 언제나 그러하듯
쾌감은 이내 사라지고
온갖 수치와 후회만이 찾아든다.

분노는 반드시 자존심의 미세한
움직임을 시작으로 활동을 개시한다.

표출되지 못한 억눌린 자존심은
더욱더 큰 폭발력을 내부에 응축하며
분노의 때를 기다린다.

그러므로 자존심의 미세한 진동이 감지되면
더욱더 삼가고 조심해야 한다.
또한, 분노는 참고 억누르려 하지 말고
아예 내면에서 사라지게 해야 한다.

무엇이든 참는 자는 하수에 속하고
무의 상태를 유지하는 것이 진정한 도의 경지다.

맑은 정신

꽉 막혔던 글이
술에 취하면 뻥 뚫린다.
술 취함이 이러할진데
대마나 약을 하는 예술가들은 오죽할까….

하지만 애석하게도 술 이외에
대마나 약을 해 본 경험은 없다.
그저 술 취함이 이러할진데
대마나 약은 오죽할까 하는 추측일 뿐이다.

그렇다고 해서 대마나 약을
해 보고 싶다는 뜻은 절대 아니다.
현재 마시는 술조차도 끊으려 노력하고 있다.

내가 추구하는 삶은
술이나 약으로부터의 의존이 아닌
맑은 정신을 기본으로 한다.

✒ 혼자 마시는 술 1

밥도 혼자 먹고,
영화도 혼자 보고,
여행도 혼자 다닌다.

나의 경조사를
주변에 알리지 않은 지도
꽤 오래되었다.

또한, 연락해 온
지인들의 경조사에도
전혀 참석하지 않는다.

그들의 반응에는
더 이상 신경 쓰지 않는다.

연락하는 것도 싫고
연락 오는 것도 싫다.

이제는 그저
하기 싫은 일을
하고 싶지 않을 뿐이다.

오늘도 혼자 마시는 술이 달달하다.

𝓵 혼자 마시는 술 2

술 취함을 싫어하지만
술자리를 찾는 이유는 하고 싶은 말이 많기 때문이다.
하지만 이제껏 하고 싶은 말을 제대로 해 본 적이 없다.

대화란 자연스레 주고받아야 한다.
대화의 흐름이 끊기고 어색하기만 한 술자리를
견디고 인내하기에는,
내게 주어진 짧은 자유의 시간이 너무 아깝다.

술자리에서 상대가
나를 관찰하는 시선이 느껴지면
극도의 거부감이 밀려든다.

술자리만큼은 편안하고 자유롭기를 바란다.
술자리에서조차 상대를 떠보고
곤충을 관찰하듯 관찰하는 사람이라면
그런 상대와 술자리를 같이해야 할 이유가 없다.

일방적이고 어색하기만 한 술자리라면
차라리 헤드폰을 끼고 혼자 마시는 술이 좋다.

혼자만의 술자리에서 스스로 입을 닫고
헤드폰을 장착하는 순간,

세상은 온통 나만의 무릉도원이 된다.

나는 오늘도 헤드폰을 끼고 홀로이 술을 마신다.

사 랑

사랑은
소유가 아니라 자유에 있다.

나약한 사람들은
사랑할수록 사랑에 집착한다.

관계가 지속될수록
사랑하는 이들이
사랑에 지쳐가는 이유다.

완벽한 사랑은
완벽한 자유로움이 있을 때 가능해진다.

사랑한다면
사랑하는 이를 자유롭게 하라.

사랑한다면
사랑하는 이로부터 자유로우라.

사랑으로부터
자유로울 수 있다면
사랑은 영원히 지속될 것이다.

𝓛 헤디 라머

"인간의 뇌는 외모보다 훨씬 더 흥미롭다.
젊은 여성은 누구나 매혹적으로 보일 수 있다.
가만히 서서 바보처럼 보이기만 하면 된다." (헤디 라머)

헤디 라머는 1940년대 헐리웃에서
가장 아름다운 여배우로 선정되었다.
오스트리아 빈에서 태어나 19세에 결혼했지만
남편으로부터 도망쳐 미국으로 가는 배 안에서 헐리웃의
영화제작자인 MGM의 사장 눈에 띄어 헐리웃에 진출한다.

2차 세계대전이 한창 진행 중이던 당시에
그녀는 획기적인 '와이파이"를 발명해
미국 해군을 찾아가지만 거부당한다.
미군의 거부 사유는
발명가가 너무 미인이라 신뢰가 안 간다는 것이었다.

그녀의 와이파이는 그 이후로
50여 년이 지난 후에야 비로소 미군으로부터 인정받았다.

미국 해군은 그녀에게 정식으로 사과하고
와이파이의 발명에 대해 늦게나마 감사패를
증정하려 했지만, 노년의 그녀는 정중히 거절했다.

외모에만 집착하는 요즘의 여성들이
한 번쯤은 깊이 되새겨 볼 일이다.

싫음 말고….
(예전에 방송에서 본 내용을 짧게 정리한 글임을 밝힙니다.)

✐ 대상포진

요즘 일 때문에 몸뚱이를
심하게 혹사했더니 몸뚱이 좌측의
배와 옆구리와 등 쪽에 대상포진이 쫘악 퍼졌다.

의사는 한동안 아무 일도 하지 말고
무조건 푹 쉬어야 한다고 하시는데,
머슴이 지 몸뚱이 아프다고 아무 때나 쉴 수가 있나…?
대상포진도 처음 겪는 병인지라 많이 당황스럽다.

인스타에 올린 대상포진에 대한
나의 글과 사진을 보고 큰 딸래미가 댓글을 남겼다.

"아빠 그거 되게 괴롭다던데…."

그래서 나도 그 댓글 밑에 또 댓글을 달았다.

"ㅋㅋ… 세상살이보다는 덜 괴로워…."

한국 애니메이션 이것이 현실이다

이 글은 '㈜진 아트 프로덕션'이라는
애니메이션 제작회사를 운영하던 1998년경에
애니메이션 월간잡지에 연재했던 글임을 밝힙니다.
오래전 글임을 참고해서 읽어 주시기 바랍니다.

제1부 정부의 지원책과 투자가

최근 몇 년 사이 한국 애니메이션에 조성된 사회적 붐을 볼 때,
오랫동안 애니메이션에 종사했던 당사자로서 놀라지 않을 수 없다.
온갖 인쇄 매체나 방송에서 애니메이션에 대한 지원 뉴스를 접할 때마다
사무실에 틀어박혀 밤새워 일하기보다는
발빠르게 움직여야 한다는 생각에 마음만 조급해졌다.

급한 일들을 끝마치면 그동안 준비했던 샘플을 들고
여기저기 바쁘게 쫓아다녔다.
하지만 우리 사회에 조성된 애니메이션에 대한 붐이
거품이라는 사실을 깨닫는 데는 그리 오랜 시간이 걸리지 않았다.
거품이 가시기까지 사무실에 틀어박혀
열심히 일에 몰입하는 것만이 최선의 방법이었다.

그렇게 또 몇 년이 지나갔다.
그동안 극장에서 개봉된 여러 편의 국산 만화영화를 접하면서

계속된 실망만을 되풀이하고 있었다.

그러다 국내 대기업이 연관된 애니메이션 PD로부터

국내 장편 만화영화 제작회의에 초대를 받게 되었다.

물론 이 회의는 애니메이션 제작회사를 선택하기 위한 자리였으므로

선택받기 위한 여러 회사들과 애니메이션 감독들이 함께하고 있었다.

대형 제작사에서 나온 책임자는 10년 전에 일본에서 제작 개봉했던

유명한 극장용 애니메이션 비디오를 틀어놓고

"이 정도 수준의 작품 퀄리티를 원하는데 한국에서 가능한가?"라고 물었다.

그러자 몇몇 감독들이 나서며 말하길

"저 일본 작품은 10년 전 작품이라 구닥다리다.

지금 우리가 하면 훨씬 나을 것이다."라고 했다.

그렇게 한동안 많은 말들이 오고 갔지만

나는 한마디도 하지 못하고 있었다.

그러자 나를 추천했던 PD가 나의 의견을 물어왔고

나는 아주 짧고 단호하게 대답했다.

"일본과 똑같은 제작비와 똑같은 제작 기간이 주어진다고 해도

현재 한국의 애니메이션 수준으로는 일본의 작품 수준을 따라갈 수 없다.

하물며 일본의 10분의 1의 제작비와 10분의 1의 제작 기간으로는

불가능하다."라고 했다.

회의가 끝나고 나를 추천했던 PD에게 호된 꾸지람을 들어야 했다.

"일을 성사시키자고 감독님을 모시고 온 거지
일을 망치자고 모시고 온 게 아닙니다."
나는 씁쓸한 웃음을 지을 뿐 아무 대꾸도 하지 않았다.

그 후로 그 장편 만화영화는 가장 자신 있게
허풍을 떨어댔던 회사와 감독에게 맡겨졌다.
그로부터 1년 후, 그 만화영화는 극장에서 급하게 개봉됐고
작품의 질적인 면이나 흥행 면에서 아주 쫄딱 말아먹었다.
그 작품에 참여했던 대기업의 임원들은
대부분 회사에서 해고되었다는 후문을 들었다.
당시에 대기업 제작사에서 파견 나왔던 임원이 말하기를

"나는 애니메이션 하는 사람들이 원망스럽습니다."였다.

하지만 그 임원에게 해 주고 싶은 말이 있다.
옛날엔 장수가 싸움에서 지고 살아서 돌아오면
그 책임을 물어 장수의 목을 베었다.
그만큼 결정권자의 책임이 중요하다는 뜻일 것이다.
전혀 능력이 안 되는 회사, 그런 감독에게 일을 맡기기로
결정한 사람은 바로 본인 자신이다.
최악의 결과에 대해 애니메이션 종사자만을 탓하는 것은

본인의 책임을 회피하는 비겁한 변명에 지나지 않는다.

애니메이션은 회사의 규모나 돈으로만 되는 것이 아니다.
모든 일이 그러하듯 애니메이션의 성공 여부도 결국은 사람 선택에 있다.
감독의 역량에 따라 작품의 성패가 좌우된다.
능력 없는 사람과 능력 없는 회사를 선택한 것은
그가 범한 가장 큰 잘못이다.
투자가나 결정권자에게 있어 가장 중요한 덕목은
사람을 볼 줄 아는 안목에 있다.
그에겐 그러한 안목이 전혀 없었던 것이다.

다음으로 투자가에게 있어 중요한 덕목은 장기적인 안목이다.
한국 투자가들의 문제점은 짧은 시간에 회수할 수 있는 돈벌이를 원한다.
그것은 싸구려 장사꾼이지 투자가가 아니다.
애니메이션에 관심이 있는 투자가라면
한국 애니메이션의 현실을 정확히 파악하고 인정해야 한다.
지금 당장 일본이나 미국 수준의 작품을 기대하는 것은 불가능하다.
최소 10년, 20년을 내다보고 장기적으로 지속적인 투자가 이루어질 때
비로소 외국 수준의 애니메이션 퀄리티가 가능해질 것이다.

가끔 방송에서 한국 애니메이션 수준이 미국이나 일본에
결코 뒤지지 않는다는 주장을 내세우는 사람들이 있는데
그것은 분명 잘못된 것이다.

물론 양적인 면에선 그 말이 맞을지도 모른다.

하지만 질적인 면에선 결코 그렇지 못하다.

단순한 하청 작업과 창작물에 대해선 반드시 따로 구분되어야 할 것이다.

또 하나 요즘 각종 언론에서 접할 수 있는 것이

각종 영상물 제작업체, 또는 벤처기업에 대한 저리의 자금 지원책이다.

은행에서 자금을 쓸 수 있는 방법은 딱 두 가지뿐이다.

첫째 담보가 있거나

둘째 신용보증회사의 보증서가 있어야 한다.

첫 번째의 담보 문제는 일단 제쳐 놓기로 하자.

왜냐하면, 그 정도의 담보능력이 있다면

굳이 은행대출을 받아야 할 이유가 없다.

둘째 신용보증회사를 찾아가면 제일 먼저 요구하는 것이

회사의 3년 치 재무제표인데 그 재무제표상 전년도 매출이 줄어 있으면

규정상 보증서를 끊어주지 않는다.

회사 매출이 전혀 줄지 않고 재정적 어려움이 없다면

왜 은행대출을 받으려 하겠는가?

결국 재정적 어려움이 없는 회사들만이

정부지원자금을 쓸 수 있다는 아이러니가 현실이다.

참고로 정부에서 벤처기업으로 선정되고

벤처자금으로 당시에 7억 4,000만 원을 배정받았지만

제공할 담보도 없고 신용보증회사에서 보증서도 끊어주지 않아
단 한 푼도 받지 못했음을 밝힌다.
물론 주변에서 충고해 주기를 뒷돈이 들어가야 한다고들 하는데
이제껏 한 번도 뒷돈 거래를 해 본 적이 없어서
이러한 문제들이 뒷돈으로 해결되는지의 여부는 지금도 알지 못한다.

다시 애니메이션으로 돌아가자.
좋은 창작품을 만들거나 작품의 질을 높이는 것은
결국 애니메이션 종사자들의 몫이다.

요즘 애니메이션에 대한 분위기 조성이나
각종 금융지원책에 대해 현혹되지 않기를 바란다.
그것은 값진 시간의 낭비일 뿐이다.

현실적인 작업에 몰입하지 못하고
투자가나 정부지원책만을 쫓아다니는 자는
분명 사기꾼일 확률이 높다.
조급한 생각을 버리고 차근차근 한 가지씩
만들어 가는 방법 이외에 다른 길은 없다.
그러다 보면 반드시 기회가 찾아올 것이다.

설사 기회가 찾아오지 않으면 어떠하리….
열심히 살았으면 되었지 않은가….

제2부 기획과 시나리오

작품의 성패 여부는

기획과 시나리오에서 결정된다고 해도 과언이 아닐 것이다.

기획의 중요성은 굳이 열거하지 않더라도 모두가 알고 있을 것이다.

이렇듯 중요한 기획과 시나리오가

우리나라 애니메이션계에선 어떻게 이루어지고 있을까?

작품 기획은 사람으로 치면 머리 부분에 해당하는 가장 핵심적인 부분이다.

그러나 우리 애니메이션계의 현실은 머리 없는 몸통만이 존재해 왔다.

이유는 한국 애니메이션의 역사가

오랫동안 외국 하청업에 길들여져 왔기 때문이다.

애니메이션은 크게 3가지로 나뉘어 제작된다.

첫째 프리 프로덕션 (시나리오, 캐릭터설정, 배경설정, 색 지정, 스토리보드)

둘째 메인 프로덕션 (레이아웃, 원화, 동화, 컬러, 배경, 촬영, 편집)

셋째 포스트 프로덕션 (더빙, 음향효과, 음악)

국내에선 그동안 두 번째 항인

메인 프로덕션만을 집중적으로 하청 제작해 왔다.

다시 말해 머리에 해당하는 기획 부분은

모두 미국이나 일본에서 담당하고 한국은 몸뚱이에 해당하는

메인 프로덕션 부분만을 작업해 왔던 것이다.

몇 년 전부터 국내 창작 만화영화에 대한 관심이 높아지면서
기획에 대한 중요성이 많이 부각되고는 있지만
아직도 기획에 대한 투자는 거의 이루어지지 않고 있는 것이 현실이다.
어떤 업종이든 그 업계에서 성공해 돈을 벌게 되면
이익의 5%든 10%든 연구개발비란 명목으로 재투자하는 것이
일반적인 상식일 것이다.
그러나 한국의 애니메이션 업주들은
외국 하청으로 많은 돈을 벌어
자신의 빌딩과 집과 고급 승용차를 구입하지만
창작을 위해선 단 한 푼도 투자하는 법이 없다.

사업주에 대한 뒷담화는 여기까지만 하고
이제는 기획에 참여하는 실무자들 이야기를 해보자.
국내 창작 작품을 진행하면서 가장 답답하고 힘들었던 부분은
애니메이션 기획에 참여하는 실무자들이 그림에 대해 전혀 모르더라는 것이다.
애니메이션이나 그림을 전혀 모르는 사람들이 기획부서의 요직을 차지하고
관리한다는 것이 얼마나 많은 그림쟁이들을 지치고 절망하게 하는지
겪어보지 않은 사람들은 결코 이해하지 못할 것이다.

그렇다고 해서 기획부서의 모든 사람들이
직접 그림을 그릴 줄 알아야 한다는 뜻은 아니다.
그릴 줄은 모르더라도 최소한
좋은 그림을 알아볼 줄 아는 안목 정도는 있어야 한다.

그림을 보는 안목조차 없다면 그런 사람은 일찍 다른 직업을 찾아
보는 것이 대한민국의 애니메이션 발전에 큰 도움이 될 것이다.

3년 전 미국의 하청 일을 따기 위해 미국에 들어간 적이 있었다.
그때 그동안 작업했던 많은 그림 파일들을 가지고 갔었다.
물론 당시에 규모도 작은 회사에 새로 생긴 신생 회사였기에
기대했던 하청 일은 성사되지 않았지만 나름 기분 좋은 가능성을 느꼈다.
만나는 사람들마다 그림에 대한 이해심과 안목에 놀라지 않을 수 없었다.
그들 중에는 그림쟁이 출신들도 있었지만 대부분은
직접 그림을 그리는 사람이 아닌 일반 관리직 임원이거나
기획 파트 사람들이었다.
한국에서는 그렇게 오랫동안 애니메이션을 해왔지만
직접 그림을 그리지 않는 관리직 임원들에게서
그림쟁이를 이해하는 동질감을 느껴 본 적은 단 한 번도 없었다.

또한 국내 창작 일을 할 때 가장 힘들었던 부분은
어떠한 개성이나 창작성을 발휘할 수 없다는 것이었다.
요즘엔 일본의 이런 스타일이 인기다.
그러니 일본의 이런 스타일로 해 달라… 등….

기획 파트에서 하는 여러 가지 일들 중에서 가장 중요한 것은
참여하는 그림쟁이들의 창작 욕구를 마음껏 북돋워 주는 것일 것이다.
이 점이 결여된 상황에서는 이제껏 봐 왔던

국내의 유치한 애니메이션 수준을 결코 벗어나지 못할 것이다.

두 번째 국내 기획 담당자들의 문제점은
그들이 왜 기획을 택하는가에 있다.

"그 일을 할 줄 아는 사람은 그 일을 하고
그 일을 할 줄 모르는 사람이 남을 가르친다."

1925년 노벨 문학상을 받은 아일랜드의 작가 '버나드 쇼'가 한 말이다.

애니메이션 일을 하다가 실무능력이 부족한 사람들이
차선책으로 관리직이나 기획을 택하기 때문이다.
실무능력이 부족해 차선책으로 애니메이션에 관한 책을 내거나
강의를 나간다거나 하는 이론적인 분야로 빠지는 것이
부정할 수 없는 대한민국 애니메이션의 현실이다.
물론 이것은 보편적인 부분을 말하는 것이지 모두가 그렇다는 뜻은 아니다.
이 부분에 대해 오해가 없기를 바란다.
나는 다시 한 번 기획 담당자들에게 당부하고 싶다.
현실이나 사업주에 대한 논쟁에 앞서
자신이 먼저 그림에 대한 안목을 키우기 위해 노력하기 바란다.
또한 차선책이 아닌 최선책이 애니메이션 기획 일이기를 바란다.
기획 담당자들과 그림쟁이들과는
서로 상호의존 관계이지 절대 반목하는 적대관계가 아니다.

이제 시나리오에 관해 이야기하자.

국내 창작 애니메이션에 있어 가장 취약한 부분이 시나리오라고 생각한다.

정확한 기억은 아니지만 10년 전쯤으로 기억한다.

방송국에서 애니메이션 붐을 타고

처음으로 만화영화 시나리오 공모를 한 적이 있었다.

그 공모전에서 한 작품이 대상을 받았고

그 시나리오는 곧 만화영화 제작에 들어갔다.

아는 감독을 통해 그 시나리오를 읽게 됐고 기대는 곧 실망으로 바뀌었다.

물론 내용은 좋았다.

한마디로 아름다운 문학작품이었다.

하지만 방송국 관계자들이 한 가지 중요한 부분을 놓친 것이 있다.

한국 만화영화의 제작 수준이

문학작품을 소화할 만큼 성숙되어 있지 못하다는 것이다.

한국 만화영화의 제작수준은 '동'적인 표현은 어느 정도 가능하겠지만

'정'적인 표현에 있어선 치명적인 약점을 가지고 있다는 현실이다.

간단한 예를 들어보자.

젊고 잘생긴 신인 배우들이 폼 잡는 액션 역할은 어느 정도

소화해 내겠지만, 인간의 깊은 '정'적인 내면 연기를 해낼 수 있겠는가….

이러한 깊은 내면의 '정'적인 연기는

나이와 경력이 있는 중년 이상의 배우들에게나 가능할 것이다.

만화영화도 마찬가지다.

한국의 만화영화 수준은 '동'적인 액션의 초보 단계이지
오랜 경험을 필요로 하는 '정'적인 부분은 아직도 갈 길이 멀다.
다시 말하면 한국 만화영화의 현실과는 거리가 먼 시나리오였던 것이다.
TV에서 방영됐던 이 만화영화를 기억하는 사람은 아무도 없을 것이다.
차라리 배우들을 고용해 실사영화로 찍었더라면 하는 아쉬움이 남는다.
실사영화로 가능한 그렇고 그런 시나리오라면 실사보다 많은 제작비가
들어가는 애니메이션으로 제작할 이유가 전혀 없지 않은가….

아직 한국의 애니메이션 실정은
애니메이션에 특화된 시나리오를 필요로 한다.
앞으로 10년이나 20년 후에 한국의 창작 수준이 향상됐었을 때에야
장르에 구애받지 않고 가능하겠지만 아직은 그 수준에 미치지 못한다.

국내의 만화영화 시나리오 작가라면 반드시
한국 만화영화의 특성을 파악하고 있는 사람이라야만 할 것이다.

기획과 시나리오에 대한 나의 글이 너무 부정적인 면만을
강조한 것 같아서 관계된 분들에겐 대단히 송구스럽다.
시중엔 기획과 시나리오에 관한 좋은 책들이 많이 출간되어 있다.
그 책들이 다루지 않은 현실을 쓰다 보니 이러한 글을 쓰게 되었다.
관계된 분들의 넓은 이해를 부탁드리며
나의 진정한 뜻은 부정적인 측면이 아닌
긍정적인 미래를 향하고 있음을 인지해 주기 바란다.

제3부 스토리보드와 캐릭터

시나리오 작업이 끝난 후,
그다음 작업이 스토리보드와 캐릭터 작업이다.
캐릭터 작업은 일반 실사 영화로 치면
영화의 성격에 가장 적합한 배우를 캐스팅하는 것과 같다.
또한 스토리보드 작업은 화면의 구성이나 구도를
어떤 분위기로 보여 줄까를 결정하는 중요한 작업이다.
이 분야 역시 미국이나 일본에서 모든 작업을 마친 후
그다음 작업이 우리에게 맡겨졌었기 때문에 우리에게는 황무지와 같다.
최근에 국내 만화영화 창작 붐이 일면서
많은 젊은이들이 이 분야에 참여하고 있기는 하지만
그들의 열정과 노력에도 불구하고 아직까지는
아마추어 수준을 벗어나지 못하고 있다는 것이 아쉬운 점이다.
반면에 실력이 되는 프로 애니메이터들에게서는
창작 일을 개척하려는 어떠한 열정이나 노력을 느낄 수 없다.
아마추어의 열정과 프로의 능력이 절반씩 합쳐질 수 있다면 좋으련만….

먼저 스토리보드 작업에 관해 이야기하자.
우리나라엔 이 작업을 해낼 수 있는 그림쟁이들이 그리 많지 않다.
첫째는 생각한 바를 척척 그려낼 수 있는
데생력을 갖춘 그림쟁이들이 많지 않을뿐더러,
둘째는 영화적 연출력을 갖춘 그림쟁이 역시 드물기 때문이다.

스토리보드 작업은
반드시 연출능력과 데생 능력을 겸비한 자만이 가능한 작업이다.
부실한 스토리보드 작업은 이미 영화의 첫 단추를 잘못 끼운 것과 같다.

스토리보드 작가가 되기를 원한다면 많은 영화를 접해보기 바란다.
그러나 일반인들처럼 재미로만 보는 것이 아니라 상황에 따라
어떻게 화면 구성을 했으며 어떤 방식으로 시간 배분을 했는지 등을
세심하게 파고들기를 권한다.
그렇게 반복해서 영화를 접하게 되면
자신도 모르는 사이 잠재의식 속에 연출력을 갖추게 될 것이다.

여기서 한 가지 재미있는 것은
영화를 재미로만 보지 않고 깊고 세밀하게 파고들수록
영화 보는 재미가 서너 배 증가한다는 사실이다.
물론 시간을 따로 내서 전문적인 연출 공부를 한다면야 더할 나위 없겠지만
내가 제시한 이 방법이 가장 가성비 좋은 쉽고 확실한 방법이다.
학원이나 학교에서 배운 이론적인 공부는
여러분 자신의 것이 아닐뿐더러 기억 속에 오래 지속되지도 못한다.
생활 속에서 스스로의 경험으로 터득한 지식만이
오래도록 아이디어와 에너지를 공급해 줄 것이다.

스토리보드 작가가 되기를 원한다면
반드시 데생 능력 또한 갖춰야 할 것이다.

이 부분은 달리 방법이 없다.

낮이고 밤이고 그리고, 그리고 또 그리고를 반복하는 것뿐이다.

생각은 머리가 하지만 그것을 그림으로 표현하는 것은 손이다.

머리가 하는 아이디어의 창출은 반복 작업을 통해 얻어지는 것이 아니지만

그림을 그리는 손은 끊임없는 반복 작업을 통해서만 표현이 가능해진다.

아무리 좋은 생각이 떠오른다 하더라도 여러분의 손이

그것을 그림으로 그려내지 못한다면 무슨 의미가 있겠는가….

애니메이션은 자신의 작품을 그리는 순수 미술 작가가 아니다.

스토리보드 작가란 상업성을 띤 고용된 작가다.

상업적이란 상대가 원하는 그림을 그려줄 수 있어야 한다.

그러기 위해선 수십 년 동안 낮이고 밤이고 그리고, 그리고 또 그려야 한다.

데생 능력을 갖추는데 지름길은 없다.

많은 이들이 이 부분에서 포기하고 이론적인 분야로 빠지게 된다.

이론적으로 아무리 뛰어난 사람들이 많다고 해도 그들의 이론을

그림으로 표현해 주는 그림쟁이가 없다면

그들의 이론은 결국 말장난에 불과할 뿐이다.

세상엔 간혹 남의 노력으로 먹고사는 사람들이 있다.

여러분의 삶은 남의 노력에 빌붙기보다는 자신의 노력으로 성취하길 바란다.

이번엔 캐릭터 작업에 관해 이야기해 보자.

이 부분은 하고 싶은 이야기가 너무나 많다.

누군가와 밤새도록 술잔을 기울이며 답답한 심정을 토로해야 하는데….

어려서부터 그림을 그려왔고 늙어 죽을 때까지 그림을 계속 그릴 것이지만

대한민국에서 그림쟁이로서의 앞날을 생각하면 한숨이 절로 나온다.
왜 이렇게 심한 푸념을 늘어놓는지 이제부터 한 가지씩 풀어가 보자.

첫째 요즘 우후죽순처럼 난립하고 있는 캐릭터 업체들에 관한 이야기다.
캐릭터에 대한 상업성이 논의되면서 많은 캐릭터 업체들이 생겨났고
지금도 계속해서 생겨나고 있다.
그들의 논리는 간단하다.
월트 디즈니의 미키 마우스나 도날드 덕이
전 세계에서 매년 수천억 원의 캐릭터 수입을 올리고 있다고 운운한다.
하지만 캐릭터 사업만 하면 모두가 월트 디즈니처럼 되는 것은 아니다.
월트 디즈니가 성공한 것은 캐릭터가 좋았기 때문이지
결코 캐릭터 사업을 잘했기 때문이 아니다.
사업은 차후의 문제다.
가끔씩 잡지나 신문을 통해
국내 창작 캐릭터들을 접할 때마다 한숨이 절로 나온다.
엉터리 물건을 만들어 놓고 영업을 잘한다고 해서 그 물건이 팔리겠는가….

다시 한 번 강조하고 싶다.
월트 디즈니가 세계적으로 캐릭터 사업에 성공한 것은
캐릭터가 좋았기 때문이지 엉터리 캐릭터를 가지고
사업수단이 뛰어났기 때문이 아니다.

둘째 요즈음 활성화되고 있는 창작 만화영화에 관한 이야기다.

창작 만화영화에 관한 관심이 고조되면서
나에게도 여러 차례 기회가 주어졌다.
그러나 내가 느낀 현실은 말이 좋아 창작이지 해외 하청업만도 못했다.
창작이란 남과 다른 독특함이 있어야 한다.

그러나 방송국 관계자들을 만날 때마다
그들은 일본식 캐릭터를 요구한다.
아이들이 그런 류의 캐릭터를 좋아한다는 것이다.
나도 그 말에 동감한다.
하지만 우리 아이들이 다른 그림을 접해 본 적이 있는가?
어릴 때부터 일본 만화영화만을 보면서 그렇게 길들여져 왔다.
요즘의 경우는 조금 다르겠지만 얼마 전까지만 해도
우리가 미국이나 일본에서 하청받아 납품한 만화영화들이
몇 년이 지나서 국내 TV에서 방영된다.
심한 경우에는 15년, 20년 전 만화영화까지도 시리즈로 방영되곤 했다.

이유야 어찌 됐던 만화영화 역시 상업성이 최우선이다.
상업성이란 결국 유행을 따라갈 수밖에 없을 것이다.
이 부분을 충분히 이해하지만 유행에도 두 가지 부류가 있다.
한 가지는 현재의 유행이고, 다른 한 가지는 새로운 유행의 창조다.
새로운 유행의 창조엔 분명 위험한 모험이 따른다.
이제는 우리 만화영화도 모험을 해 볼 때가 되었다고 생각한다.
언제까지 일본이나 미국의 한참이나 지난 유행을 따라가기만 할 것인가….

대한민국의 아이들은 언제까지
지난 유행의 만화영화만을 시청하며 자라야 하는가….

한동안 한국 애니메이션에서는
결코 창작 일을 할 수 없을 것이라는 불안감이 있었다.
그래서 찾은 방법이 출판만화를 한다면 나의 생각과 나의 그림체로
마음껏 창작 일을 할 수 있을 것이라고 생각했다.
그래서 틈틈이 출판 만화를 그렸다.
지금도 그때 그린 만화 원고가 책상 서랍에 잔뜩 쌓여있다.
원고를 들고 그 당시 출판사란 출판사는 모두 돌아다녔다.
퇴짜를 맞으면 또 다른 원고를 그려서 또 찾아갔다.
그 당시 만화계에선 대여섯 분의 인기 작가들이 있었다.

만화 월간지가 열 군데면 그 잡지들 모두에
그 인기 작가들이 몽땅 연재를 했다.
각기 다른 열 권의 만화잡지를 표지만 뜯어 놓으면
어떤 잡지가 어떤 잡지인지 모를 정도였다.
한 잡지사의 사장님께서는 내가 들고 간 원고를 휘리릭 넘겨보고는

"요즘엔 이○○ 씨나 허○○ 씨 만화가 잘나갑니다.
그러니 오 선생께서도 그런 스타일로 그려 보시죠."

그 이후엔 출판만화에 대한 온갖 정내미가 떨어졌다.

요즘 창작 만화영화에 참여하면서
그때 느꼈던 똑같은 느낌을 데쟈뷰 현상처럼 반복하고 있다.
그만 푸념을 끝내고 캐릭터 작가가 어떠해야 할지를 이야기하자.
아마추어가 아닌 프로로서의 캐릭터 작가라면 흉내 내기를 끝내야 한다.
앞서 스토리보드 작업 부분을 이야기할 때,
수많은 반복 작업이 필요하다는 말을 했다.
그 부분이 그림의 기능적인 부분을 향상시키기 위한 작업이었다면
이제는 기능적인 부분의 답습을 넘어 한 단계 더 나아가야 한다.

"모방은 창작의 어머니다."

반복된 충분한 모방 작업을 통해
창작으로의 한 단계 더 성숙되어야 한다.
캐릭터 작업은 그림쟁이로서의 진정한 창작 작업에 들어서는 것이다.
창작이란 남들과는 다른 독특한 개성이 표출되어야만 한다.
남과 다른 개성이 결여된다면 그것은 진정한 의미의 창작이라 할 수 없다.
앞서 우리의 현실이 독특한 개성을 받아들이지 않는 현실에 관해 썼다.
하지만 현실이야 어떻든 그림쟁이로서의 마땅한 의무를 다하자.
기회는 반드시 준비된 자에게 주어질 것이다.
또한 기회가 주어지지 않으면 어떠한가….
그림쟁이로서의 멋스러움이 아름답지 아니한가….

만화영화에 오랫동안 종사하면서 많은 그림쟁이들을 접해왔다.

그들을 통해 두 부류의 그림쟁이를 볼 수 있었다.

그림을 그리는 사람과 억지로 만드는 사람이다.

그림을 그리는 것과 만드는 것에는 큰 차이가 있다.

그림은 그리는 것이지 억지로 만드는 것이 아니다.

그림을 그리지 못하고 억지로 만드는 이유는

그들이 충분한 데생 연습을 하지 않았기 때문이다.

스토리보드와 캐릭터 작업에 진로를 정한 사람이라면

다른 그림쟁이들 보다 열 배, 스무 배 더 노력해야 한다.

우리의 현실은 늘 충분한 돈과 시간이 주어지지 않는다.

적은 돈과 짧은 스케줄 때문에 한국의 만화영화는

현재의 수준을 벗어날 수 없다고 말하는 그림쟁이는 무능한 사람이다.

물론 그의 입장을 이해하지 못해서가 아니다.

적은 제작비와 짧은 스케줄로 좋은 작품을 만들기 위해서는

만화영화에 종사하는 사람들이 좀 더 노력하고 좀 더 힘을 쏟아야만 한다.

적은 제작비와 짧은 시간으로도 좋은 작품을 만들어 낼 수 있을 때까지….

이 글 첫머리에 스토리보드와 캐릭터 작업이

우리나라에선 황무지와 같다는 말을 했었다.

황무지란 열악한 환경을 뜻하지만

그만큼 기회가 크다는 것을 뜻하기도 한다.

먼저 개척하는 이가 자신의 영역을 차지한다.

그러나 이미 개척이 끝난 곳에서

자신의 영역을 확보하기란 그만큼 힘들어진다.
결국, 한국 애니메이션의 열악함은 여러분들에게 더 많은 기회를
제공하게 될 것이기에 나는 희망을 갖는다.

마지막으로 오래전,
월트 디즈니가 있기 전에는
미국도 우리의 애니메이션 환경과 같았으며

일본도 우리와 같은 열악한 환경 속에서
많은 그림쟁이들의 땀과 노력으로 장인정신을 지켜냈기에
오늘을 성취하게 되었음을 기억해야 할 것이다.

제4부 감독과 애니메이터와 사업주의 관계

감독의 역할에 대해선 따로 설명하지 않아도
모두가 잘 알고 있을 것이다.
하지만 여기서는 애니메이션 감독에 대한 솔직한 현실을 쓰고자 한다.
한국 애니메이션 감독의 현실적인 역할은
주로 레이아웃과 원화에 국한되어 왔다.
이러한 현상은 오랫동안 외국 하청 일을 하면서 기획과 녹음 부분을
외국에서 제작해 왔기 때문에 한국에서 자연스럽게 형성된 것이다.
더욱이 재미있는 것은 10여 명의 애니메이터들을 한 명의 감독이 담당하는데
요즘엔 애니메이터들보다 감독이 더 많아지는 것 같다.
이유는 너도나도 감독을 원하기 때문이다.
심지어 요즘 애니메이터들은 자기들끼리 서로 감독이라 부른다.
감독이란 절대 높은 벼슬자리가 아니다.

한 편의 좋은 영화가 만들어지기 위해서는
좋은 시나리오 작가, 연기자, 촬영, 음악가 등등
수많은 스탭들이 있어야 하고 그들 각자의 역할을 충실하게 해줄 때,
비로소 좋은 감독의 역할이 빛을 발하는 것이다.
모두가 감독을 하려고 들면
레이아웃은 누가 하고 원화는 누가 한다는 말인가….

10년 전으로 세월을 되돌릴 수만 있다면

나는 절대로 감독 자리를 맡지 않을 것이다.
감독을 맡게 되면 팀의 애니메이터들 상대하느라
일에 집중할 에너지를 엉뚱한 곳에 소비하게 되기 때문이다.
사람을 인한 스트레스는 과중한 일로 인한 스트레스보다
훨씬 더 사람을 지치고 힘들게 한다.

국내 창작 일들이 활성화되면서
애니메이션 감독들도 더 이상 그림에만 국한되던 시대는 지났다.
이제 애니메이션 감독들도 글과 그림 그리고 음악이나 음향효과 등등
영화와 관련된 모든 분야에 식견을 넓혀야 한다.

아랫사람들에게만 노력을 강요할 게 아니라
감독 스스로도 자기계발에 더욱 정진해야 할 것이다.
존경이란 아랫사람들에게 억지로 요구해서 얻어지는 것이 아니다.
요즘 후배들에게 존경받는다는 것이 얼마나 어려운 일인가.
하지만 오랜 경력과 나이에도 불구하고 노력을 멈추지 않는 이들에게는
가장 쉽게 얻어지는 것이 후배들의 존경이 아닐까 싶다.

한국 애니메이션은 유독 레이아웃과 원화가
중요시되어 왔고 실제로도 중요한 부서이기도 하다.
스토리보드 작업이 끝나면 그다음이 레이아웃이고
그다음에 원화 작업이 시작된다.
이 분야에 대해서도 전문적인 설명보다는

현실적인 우리의 상황을 이야기하고자 한다.
레이아웃과 원화는 애니메이션 메인 프로덕션에 있어
가장 핵심적인 부분이기에 말도 많고 탈도 많은 부서이기도 하다.

문제점의 시작은
사업주와 애니메이터 간의 오랜 불신에서 비롯된다.
사업주는 애니메이터들에 대한 인간적인 애정이 없다.
단지 필요에 의해 돈을 지불하고 일을 시킬 뿐이다.
애니메이터들 역시 사업주에 대해
어떠한 애정이나 신뢰감을 갖고 있지 않다.
사업주와 마찬가지로 돈을 받고 일을 할 뿐이다.
애니메이션계가 서로 이런 불신을 갖게 된 것은
어느 한쪽의 일방적인 잘못에서 비롯된 것이 아니다.

먼저 사업주의 잘못을 지적해 보자.
첫 번째로 오래전엔 많은 그림쟁이들이
사업주를 믿고 열심히 일했던 적이 있었다.
그러나 회사의 규모가 점차 커지자 많은 그림쟁이들이
큰 회사로 몰려들었고, 사업주는 더 이상 사람에 대한 아쉬움이 없었다.

회사의 어려운 초창기 때 같이 고생했던 사람들이
소외감과 배신감을 느끼고 회사를 떠나든 말든 상관하지 않았다.
이런 현상은 꽤 오래도록 반복되었다.

두 번째로 외국 하청업에는
일이 많은 성수기와 일이 없는 비수기로 나뉘는데
성수기 동안에는 철야 작업을 밥 먹듯 하다가도 막상 비수기가 되면
애니메이션 종사자들은 수입이 없어 생활고에 시달리게 된다.
그러나 회사는 늘 힘들다면서도 회사를 확장하고 빌딩을 구입했다.
좀 더 솔직하게 표현하자면 그림 그리는 애니메이터들은
그저 일회용 소모품에 불과했다.

세 번째로는 최근 들어 부각되기 시작한 문제인데
애니메이션 사업주가 돈벌이에만 급급해서 창작 애니메이션에는
전혀 관심을 두지 않는다는 것이다.
애니메이터들도 결국은 예능계통에 속한 직업군이고
예능계통에 속한 이들에겐 누구나 창작에 대한 욕구가 있다는 점이다.
물론 세 번째 항에 속하는 애니메이터들은 극소수일 것이다.
하지만 그들이야말로 가장 중요한 핵심 축이라는 사실을
사업주는 분명히 상기해야 할 필요가 있을 것이다.

이번에는 반대로 애니메이터들의 잘못을 지적해 보자.
나는 그림쟁이로서의 장인정신 결여를 첫 번째로 꼽고 싶다.
그림쟁이가 그림에 대한 최소한의 애정도 없이 그저 먹고사는
생활수단으로서 돈벌이만을 목적으로 하는 이들이 있다.
그런 부류들은 작품이나 회사가 어찌 되든 전혀 신경 쓰지 않는다.
그저 자신의 잇속만 챙기면 그만이다.

사업주 입장에 대한 배려는 어디에도 없다.
사업주가 그림쟁이에 대한 배려를 전혀 하지 않듯이 말이다.

두 번째로는 그림쟁이들의 게으름이다.
비수기 때는 일이 없다고 아우성치다가도
막상 성수기 때 많은 일들이 시작되면 언제 그랬냐는 듯 느긋해진다.
애니메이션 성수기가 되면 그들의 게으름이 비로소 빛을 발한다.
회사는 일을 시키기 위해 가불 같은 선수금을 지급하지만
회사를 그만두면서 갚는 이들은 극소수다.
레이아웃과 원화부 같은 윗부서에서 일이 늦어지면
그다음 부서 사람들은 더 많은 철야 작업에 시달려야 한다.
이 글을 읽는 애니메이터들 중에서는
자신들도 성수기 때는 열심히 철야 작업을 할 만큼 한다고 할 것이다.
하지만 4주간의 스케줄 중에 절반은 어영부영 보내다가
스케줄에 쫓겨 어쩔 수 없이 막바지에 해대는 철야 작업은
결국 본인의 게으름 때문이지 회사의 짧은 스케줄 때문이 아닌 것이다.

세 번째로는 사업주가 그러하듯
그림쟁이들에게도 신의가 없다는 점이다.
어느 사업주든 자신의 사업에 필요한 재능 있는 그림쟁이를
아끼지 않는 사업주가 어디에 있겠는가.
그러나 그림쟁이들 역시 돈 몇 푼 더 주거나 자신에게 유리한 조건이
생기면 뒤도 안 돌아보고 다니던 회사를 때려치운다.

이제까지 사업주와 그림쟁이에 대해 여러 가지 문제점들을 짚어보았다.
여기서 누구의 잘못이냐를 논하는 것은 부질없는 짓일 것이다.
그저 서로 간의 조그마한 애정과 배려만이 필요할 뿐이다.
사업주는 그림쟁이들의 기술을 그저 돈으로 사려고만 하지 말고
그들의 마음을 얻으려 노력해야 할 것이다.
사업주의 그러한 노력은 그림쟁이들의 장인정신으로 돌려받게 될 것이다.

그리고 그림쟁이들은 그림을 생활수단으로만 그려대지 말고
자신의 일에 애정을 갖고 최선을 다하기 바란다.
자신의 일에 최선을 다하다 보면
물질적인 부분은 본인이 굳이 신경 쓰지 않더라도
부수적으로 자연히 따라오게 될 것이다.
또한 본인의 능력이 향상될수록 수입도 높아질 것이니
물질적인 부분이나 생활에 있어 조금만 더 초연했으면 하는 바람이다.
그리고 그림쟁이들은 늘 사업주들에게 이용당한다는
피해의식을 가지고 있는데, 굳이 그럴 필요는 없다고 생각한다.
아마도 누군가에게 이용당한다는 것처럼 불쾌한 것은 없을 것이다.
하지만 누군가에게 이용당할 가치가 있다는 것이 얼마나 다행스러운 일인가.
능력이 없어 이용당할 가치조차 없다면
그것이야말로 가장 비참한 삶이 아닐까 싶다.

어떤 애니메이터는 술자리에서 홧김에
"차라리 그런 회사는 망해서 없어져야 돼."라고 말하지만

회사 하나가 망하면 수백, 수천 명의 그림쟁이들이 일자리를 잃는다.
회사가 망하면 결국 가장 큰 피해자는 애니메이터들이 될 것이다.
뜻 있는 애니메이터 수십, 수백 명이 아무리 노력해도 이룰 수 없는 것을
뜻 있는 사업주 한 명이 등장하면 당장이라도 가능해질 수 있다는
현실을 깨달아야 한다.
사업주와 애니메이터들은 결국 동반자 관계이지 서로 싸우는 적이 아니다.
사업주에게 그림쟁이들이 가장 먼저 해야 할 일은
그들에게 이용가치를 보여주는 것이다.

사업주는 그림쟁이들의 마음을 얻으려는 노력을 하고
그림쟁이는 사업주들의 닫힌 마음을 열려는 노력을 서로 하다 보면
한국 애니메이션의 미래는 밝을 것이다.

제5부 애니메이션 계통을 보면 한국사회가 보인다

며칠 전 또 다른 잡지사로부터
애니메이션 칼럼을 부탁한다는 연락을 받았다.
많은 고민을 했다.
몇 달간 연재했던 칼럼을 끝마친 지 얼마 되지 않아서
더 이상 쓸 글이 떠오르지 않았기 때문이다.
하지만 이런 지면이 아니면 언제 또 진솔한 이야기를
할 수 있을까 싶어서 다시 글을 쓰기 시작했다.

오랫동안 애니메이션 업주들을 탓해가며 일을 해 왔다.
㈜진아트 프로덕션이라는 회사를 직접 차리기 전까지는
한국 애니메이션의 열악함은
모두가 사업주들의 욕심 때문이라고 생각했었다.
그러나 이제는 나 자신이 애니메이션 사업주가 되었다.
그러던 어느 날 문득,
나 자신이 사업주 입장도 아니고 그림쟁이 입장도 아닌
애매모호한 입장에 서 있는 것을 깨닫게 되었다.

회사를 운영하다 보니
다른 사업주들이나 많은 그림쟁이들을 접하게 되었다.
사업주를 만나면 사업주들의 옳지 못한 점을 지적했고
그림쟁이들을 만날 때는 그림쟁이들의 잘못을 지적했다.

그러자 언제부터인가 나 자신이 양쪽 모두로부터
비난의 대상이 되어 있음을 발견했다.

사업주를 만나서 그림쟁이를 욕하고
그림쟁이를 만나서 사업주를 욕했더라면
양쪽 모두로부터 이쁨을 받았을 텐데 말이다.
한국 사회에서는 옳고 그름에 대해선 절대 침묵해야 함을 배웠다.

한동안 운영하던 회사가 어려움을 겪으면서
회사의 어려움에 대해 친구나 직원들에게 솔직하게 털어놓으며
도움과 이해를 바랐던 적이 있었다.
하지만 어느 누구도 믿지를 않는다.
가장 잘나가는 놈이 엄살을 떤다고 비아냥거린다.
한국 사회에서는 어떠한 진실성도 통하지 않는다는 것을 배웠다.

몇 달 전 코미디언 '쟈니 윤' 씨가
TV에 출연해서 재미있는 이야길 들려주었다.
한 친구가 말하길
"내가 사업을 하다가 부도가 나서 망하니까
친구의 절반이 외면하더라."
그러자 다른 친구가 말하길
"그래도 아직 절반의 친구가 남아 있잖아."
부도 난 친구가 다시 말하길

"그 절반은 내가 부도난 걸 아직 모르고 있어."

한국에서 사업을 하려면
절대 자신의 어려운 모습을 보이지 말고
항상 잘나가는 체 허세를 떨어야 함도 배웠다.

그리고 한국에서 애니메이션 사업을 하게 되면
술을 많이 마시게 된다는 것과 성질을 죽이든가
아니면 화병으로 돌아가시든가 양자택일을 해야 함도 배웠다.

한국 사회가 사람이 사람에게 느낄 수 있는 신뢰는 어디로 갔는가?
약속에 대한 개념도 없어진 지 오래다.
약속을 어긴 사람을 탓하면 오히려 성질이 더러운 놈으로 치부된다.

거리에서 구걸하는 거지를 보고도 저것은 사업이라고 말한다.
옳고 그름에 대한 구분도 자신의 입장에 따라 판단 기준이 달라진다.
아무리 세상이 변해도 원리원칙엔 변함이 없다.
본래의 원칙으로 돌아가자.

원칙을 지키는 사람을 몰인정한 사람으로 치부하지 말고
원칙을 어기는 사람을 인간미가 넘치는 사람으로 착각하지 말자.
원칙을 지키는 사람이 차가운 것 같지만 그 사람의 가슴은 뜨겁다.
원칙을 어기며 살아가는 사람이 얼듯 보기에 따뜻해 보이지만 그런 사람의 가슴은 차가울 것이다.

사업주를 만나서 사업주를 비판하고
그림쟁이를 만나서는 그림쟁이를 비판할 줄 아는 사람이 곧은 사람이다.
사업주를 만나서 그림쟁이를 욕하고
그림쟁이를 만나서 사업주를 욕하는 사람은 간신배다.
그런 간신배의 말은 늘 달콤하고
그 달콤함을 좋아하는 사람 또한 간신배와 같은 부류일 것이다.

곧은 그림쟁이, 원칙을 지키는 그림쟁이들이 많아지길 바란다.
그 길만이 한국 애니메이션의 희망이다.

돈도 명예도 사랑도 싫다.
사람들은 그를 가리켜 거리의 도인!
노숙자라 부른다.

춘향이와
변사또의 밀당 이야기.

성 춘향뎐.

글 그림 오승진.

싸부.

숲이 사람에게
좋은 이유를
아십니까?

그야 숲이 내뿜는 피톤치드
때문이 아니겠느냐.

188

흐미~

저리가~
이 징글맞은 눈아~

좋음씨롱~
괜히 그러셩~

싫다고
했잖아~

저 년을 만나고 부터
당체 되는 일이 없어~

휘익

내가 싫다는데
이 썩을 눈이

수청을 들겠다고
쌩지랄을 떨지 않습니까.

헉...저리 이쁜 춘향이가 스스로
수청을...부럽쏘이다...

어험...험...그럼
수청을 들라 하면
되지를 않소?

어허~
이런
된장헐~

195

수청만
든다면야

내가 왜
이러겠오.

ㅋㅋ...뭔가 있네.
뭔가 있어...

ㄲ덕

크흑~싸부님은
진짜 손 버릇이 많이
안 좋으신 거 가텨~

저 간땡이 부은 눈이 글쎄~
지가 수청드는 댓가로다가~

강남의 20억 짜리 아파트를 사달라고

개수작을 떨지 않습니까.

허걱...강남의 20억...아파트!!!

씨부럴~ 스케일이 엄청나군...

법륜스님께서 말씀하시길

"좋은 남자 만나려거든 남자 덕 보려하지 말라." 하셨거늘.

나의 아름다움에
빽 간 수컷들이

조선 땅에 얼마나
많은 줄 아시요?

어허~
꼰대 같은 소리
작작 하소~

그리고 난 좋은 남자
보다는 돈이 많은 남자가
좋더이다.

크흐흑...

아주 솔직
담백한 여자로군~

도사님~

어찌 나를
버리려 하시요~

어허~

은밀한 남,녀
관계를 낸들
어찌하겠오?

그대가 벌인
일이니 그대가

알아서 처리
하시구려~

아이고~도사님!
이제는 더 이상 버틸
기력도 없소이다~

와락

어허~이 어리석은
중생아~그러니
애시당초 엮이질
말았어야지~

아아악~
저리 꺼져~
이 색마야~

거기~누구
없소~여보
시요들~

변사또
살려어~

싸부님도 참
매몰차십니다.

저런 불쌍한
중생을 외면
하시다니요~

남의 일에 관여
하지 말라.
괴로움만
더해질
뿐이니...

변사또의
비명소리가
너무 처절
하옵니다.

크크크...쪼께 ~
부럽긴 하다만서도~

싸부께선 변사또가
부러우시겠습니다.

20억 짜리
아파트는
넘흐 쎄다.

월세라면
어케 한 번...

오올~싸부~
아직 쌀아 있네~

204

205

끝맺음의 글

글을 완성하고 나서야
글의 부족함이 보인다.

그리고 그 부족함을 파고들면
영원히 글을 완성할 수 없을 것 같다.

그래서 이제는 조금은 여유스럽게
부족하면 부족한 대로 놓아두기로 했다.

그제서야 글의 아름다움이 보인다.

오승진